Coisas engraçadas aconteceram no caminho para o futuro

Michael J. Fox
Coisas engraçadas aconteceram no caminho para o futuro

Tradução
Beatriz Velloso

Copyright © 2010 by Michael J. Fox
Originalmente publicado nos Estados Unidos e no Canadá pela Hyperion Books com o título *A funny thing happened on the way to the future*. Esta edição traduzida foi publicada por acordo com a Hyperion.

Preparação: Norma Marinheiro
Revisão: Paula B. P. Mendes
Diagramação: Casa de Ideias
Capa: Henrique Theo Möller
Foto da capa: Mark Seliger

Dados Internacionais de Catalogação na Publicação (CIP)
(Câmara Brasileira do Livro, SP, Brasil)

Fox, Michael J.
  Coisas engraçadas aconteceram no caminho para o futuro / Michael J. Fox ; tradução Beatriz Velloso. -- São Paulo : Editora Planeta do Brasil, 2011.

  Título original: A funny thing happened on the way to the future.
  ISBN 978-85-7665-684-5

  1. Atores - Canadá - Autobiografia 2. Atores - Estados Unidos - Autobiografia 3. Fox, Michael J., 1961- I. Título.

11-07953   CDD-790.4302

Índice para Catálogo Sistemático

1. Estados Unidos : Atores : Autobiografia   790.4302

2011
Todos os direitos desta edição reservados à
Editora Planeta do Brasil Ltda.
Avenida Francisco Matarazzo, 1500 – 3º andar – cj. 32B
Edifício New York
05001-100 – São Paulo – SP
www.editoraplaneta.com.br
vendas@editoraplaneta.com.br

Para todos os meus professores

Sumário

Finalmente... o começo • 9

PARTE I
Duas escolas • 15
Quando é que eu vou usar essas coisas todas? • 25

PARTE II
Economia • 41
Literatura comparada • 55
Física • 63
Ciências políticas • 75
Geografia • 81

PARTE III
Preste atenção, garoto. Talvez você aprenda alguma coisa • 91

PARTE IV
Vítimas da pompa e da circunstância • 113

O começo... finalmente • 139

Finalmente... o começo

MEU OBJETIVO AO ESCREVER ESTE LIVRO NÃO É DAR conselhos. É claro que ofereço algumas sugestões de vez em quando, quase sempre questões de bom--senso. Se funcionar, fique à vontade para pôr em prática — ainda que provavelmente você vá descobrir as coisas por conta própria. Se este livro tem a pretensão de ser alguma coisa, é a de servir para dizer que você não precisa de um livro. Ou melhor, você não precisa de um livro que diga do que você precisa. O que eu fiz foi rascunhar algumas observações com base na minha experiência de vida e organizá-las de acordo com uma pergunta mais ampla: *a educação engloba o quê?* Será que os últimos dez anos, ou mais, o deixaram preparado para o futuro? Evidentemente, é impossível que você ou qualquer outra pessoa tenha a resposta para esta pergunta. Eu poderia passar cinco meses debruçado sobre seu histórico escolar e ainda assim seria incapaz de prever o que lhe reservam os próximos cinco minutos. A vida é um passeio. Aperte os cintos, segure-se e mantenha os olhos abertos.

Um amigo me contou a história a seguir. É uma parábola de origem desconhecida, e fiquei tocado pela verdade simples que ela contém.

• • •

UM PROFESSOR ESTÁ DIANTE DA SALA, COM UMA CAIXA de papelão. De dentro da caixa, ele saca um pote grande de picles, transparente e vazio, e em seguida uma série de pedras do tamanho de uma bola de golfe. Ele coloca uma por uma no pote, enchendo-o até a boca.

— E então? — pergunta o professor. — Quem acha que o pote está cheio?

Várias mãos se levantam, e um rápido olhar pela sala confirma a unanimidade: o pote está cheio.

Em seguida, um saco de areia é retirado da caixa de papelão. O professor despeja a areia sobre as pedras. Os pequenos grãos escorrem por cima, ao redor e por entre as pedras, até não sobrar nenhum espaço vazio.

— E agora, está cheio?

As mãos e um coro de vozes dão a resposta: sim, está cheio.

O professor sorri:

— Esperem um minuto.

As duas mãos dele desaparecem dentro da caixa, e em cada uma delas surge uma lata de cerveja. A gargalhada da turma encobre o estalo e o chiado dos lacres sendo abertos, e o néctar âmbar é despejado dentro do pote e se junta à areia e às pedras. Quando a algazarra dos alunos dá lugar a um risinho coletivo, o professor declara, confiante:

— Agora sim está cheio.

E continua:

— Este pote representa a vida de vocês. É preciso garantir que os primeiros ingredientes sejam as coisas grandes... As pedras: família, trabalho, carreira, as paixões de vocês. O resto é só areia, miudezas. Está lá dentro. Pode até ser importante. Mas não é a prioridade.

— E a cerveja? — grita um garoto lá do fundo.

— Bom — vem a resposta —, depois de tudo, sempre sobra espaço para uma cerveja com os amigos.

• • •

PENSEI EM GUARDAR A METÁFORA DO POTE E DAS PEDRAS para o fim do livro, mas achei melhor contar a história o mais rápido possível. Agora vocês já sabem o que eu levei décadas para aprender. Entre outras coisas, não comece pela cerveja.

Deixe-me explicar...

PARTE I

Duas escolas

*Jamais deixei a escola interferir
na minha educação.*
MARK TWAIN

Minha fotografia apareceu na primeira página da edição de 23 de maio de 2008 do *Vancouver Sun*, o jornal da minha cidade natal, e a manchete me identificava como "Dr. Michael J. Fox". Uma vez que nem eu nem meu irmão Steve havíamos dado à nossa mãe nenhuma esperança para que um dia ela dissesse as palavras "meu filho, o médico", ela ficou extremamente orgulhosa ao ver que a Universidade de Colúmbia

Britânica havia declarado que seu bebezinho era um "doutor em Direito".

Seria indelicado da minha parte dizer que tenho também um doutorado em Belas Artes pela Universidade de Nova York e outro em Letras pela Faculdade Monte Sinai, de Manhattan? São títulos honorários, é claro, o que me coloca em pé de igualdade acadêmica com o Espantalho, de *O mágico de Oz*.

Naquela tarde de início de verão em Vancouver, no Canadá, eu estava resplandecente numa beca azul-royal e carmim, equilibrando um capelo sobre a cabeça instável. Tive a oportunidade de me dirigir aos formandos e ao corpo docente ali reunidos, a suas famílias e amigos. Assim como fiz em ocasiões anteriores, quando recebi honrarias semelhantes, abri meu discurso com uma pergunta:

— Onde é que vocês estavam com a cabeça? Imagino que vocês saibam — prossegui — que eu abandonei os estudos no ensino médio.

Agora que você comprou este pesado volume na livraria do bairro, repito a pergunta: *onde é que você estava com a cabeça?* Ou, diante da possibilidade de que alguém tenha lhe dado este livro como presente de formatura, talvez seja o caso de perguntar a essa pessoa onde é que *ela* estava com a cabeça. Isso não quer dizer que eu não esteja agindo de boa-fé: de fato, eu recebi um diploma atestando que completei o ensino médio. Graças à pressão do meu filho, fiz o esforço de atingir esse objetivo. Na época, ele tinha quatro anos. Eu me sentava à mesa da sala de jantar, e o Sam ficava pendurado no meu colo, brincando com um dinossauro de plástico enquanto um professor particular de matemática esclarecia detalhes sobre o teorema de Pitágoras. E assim, no frescor de meus 32 anos, tendo matriculado meu filho para começar a frequentar o jardim de infância no semestre seguinte, eu me inscrevi para fazer a prova que, para todos os efeitos, faria de mim uma pessoa formada na educação básica.

Isso foi em 1994, uma década e meia depois de eu ter abandonado a escola no ensino médio. Nesses 15 anos que haviam se passado desde então, tive alternadamente a sorte e o azar de receber uma educação muitíssimo abrangente, ainda que sem nenhuma estrutura e por vezes indesejada. Trata-se do curso "Vida para Iniciantes".

É claro que algumas lições são mais adequadas para determinada idade ou fase de desenvolvimento. Por exemplo: entre o fim da adolescência e o início dos meus 20 anos, eu era inteligente o bastante para me meter em situações das quais eu ainda era ignorante demais para saber como me safar. Mais tarde, conforme comprovado pela insistência de Sam para que eu acabasse o que havia começado, descobri que há um tipo de sabedoria que só se obtém quando se é velho o suficiente para perceber como é possível aprender com uma criança. No tempo que se passou desde que atingi esse marco, continuei sendo um aluno humilde e agradecido, talvez não da Escola da Vida, mas pelo menos da Universidade Universal. Não escolhi as aulas que fiz; elas me escolheram. E, assim como não havia matrícula formal, não havia também formatura. Mas havia, é claro, uma porção de provas.

Só para esclarecer: não sou um daqueles idiotas metidos que, ao fazer sucesso depois de ter largado a escola, sai por aí promovendo a lenda de que o ensino superior é uma completa perda de tempo. Ainda assim, às vezes lanço mão da minha falta de renome acadêmico para alfinetar os que fazem julgamentos de caráter com base no diploma de graduação ou pós-graduação de cada um.

Na condição de produtor-executivo do seriado de TV *Spin City*, fui responsável pela contratação e administração de uma equipe absurdamente genial de jovens roteiristas de comédia, muitos deles formados em universidades de prestígio: Dartmouth, Yale, Princeton e Harvard, para citar apenas as mais respeitadas. Inspirado pela ironia de chefiar um grupo tão letrado de indivíduos — e, para ser sincero, talvez também um tanto intimidado pela tarefa —, pensei em me divertir um pouco com a situação. Reuni algumas camisetas das melhores faculdades do país. Entre outras peças, eu tinha um exemplar bordô de Harvard e uma camisa do time de Stanford, o Stanford Cardinal. Minha preferida era uma camiseta velha de beisebol de Dartmouth. Durante uma das primeiras reuniões da primeira temporada do seriado, anunciei, diante de todos aqueles prodígios:

— Muito bem. Caso vocês me vejam usando uma camiseta da universidade que frequentaram, digamos, por exemplo, Yale — falei isso e dei uma olhada para o jovem e ansioso Eli, especialista em piadas sobre peidos —, isso significa que é seu dia de me trazer café.

Pois é, eu também sou capaz de destilar uma módica dose de pose imbecil.

Alguns poucos minutos de pesquisa na Wikipédia são suficientes para revelar uma impressionante lista de gente famosa, em todos os campos da vida pública, que conquistou sucesso e reconhecimento sem jamais ter completado o ensino médio. É claro que me identifico mais com os atores e pessoas do mundo do entretenimento — cujas primeiras experiências de vida foram sem dúvida semelhantes às minhas —, impulsionados por um grupo comum de neuroses rumo a uma carreira no *show business*. Entre eles estão personagens ilustres como Leonardo DiCaprio, Johnny Depp, Robert De Niro, Chris Rock, Kevin Bacon, John Travolta, Hilary Swank, Jim Carrey, Charlie Sheen, Sean Connery, Al Pacino e Quentin Tarantino.

Mas atores não são os únicos a fazer sucesso apesar do calote no ensino formal. Eis aqui um grupo dos mais impressionantes bilionários sem diploma, digno de revirar o estômago de qualquer contador profissional que tenha um MBA no currículo: Richard Branson (fundador da Virgin Music e da Virgin Atlantic Airways); Andrew

Carnegie (empresário); Henry Ford (fundador da montadora Ford); John D. Rockefeller (empresário do setor petrolífero); Philip Emeagwali (cientista de supercomputadores e um dos pioneiros da internet); Kirk Kerkorian (investidor e operador de cassino); e Jack Kent Cooke (empresário das telecomunicações e dono dos Washington Redskins).

E a minha lista preferida: *gênios* sem diploma, que incluem Thomas Edison, Albert Einstein e Benjamin Franklin.

Justiça seja feita, não há papel que chegue no mundo para imprimir um *Quem é Quem dos Famosos que de Fato Terminaram o Ensino Médio*. Pode-se argumentar, tenho certeza, que pessoas que abandonaram a escola e foram bem-sucedidas são ainda mais raras num mercado de trabalho moderno e cada vez mais competitivo, no qual certificados, diplomas e conhecimentos técnicos têm mais peso do que nunca. É evidente que existe muita gente da velha guarda nessas listas, mas essa turma comprova muito bem que é possível ser inteligente sem ser necessariamente um "inteligente de livro". Assim como o inverso também é verdadeiro. O ex-vice-presidente Dan Quayle já disse que "é um tremendo desperdício perder a cabeça. Ou então não ter uma cabeça é um tremendo desperdício. Isso sem dúvida é verdade". Dan foi aluno da Universidade DePauw e recebeu um diploma de Direito da Universidade de Indiana. Ah, sim: e ele passou quatro anos no cargo de segundo homem mais poderoso do mundo.

Ainda assim, nada substitui uma educação sólida na formação de uma mente em processo de amadurecimento. Os homens e mulheres dessas listas prosperaram não porque evitaram uma educação clássica, e sim porque encontraram uma forma, se não de reproduzi-la, ao menos de se aproximar dela. Quer você frequente a escola, quer se vire por conta própria, algumas lições são inevitáveis. Falando pela minha experiência pessoal, talvez seja menos doloroso aprendê-las na sala de aula.

Quando é que eu vou usar essas coisas todas?

Em relação à minha passagem incompleta pelo ensino médio, eu vivia com a cabeça nas nuvens, como minha mãe costumava dizer — ou, caso você perguntasse ao meu pai, com a cabeça enfiada no meio da bunda.

Nas matérias obviamente criativas (teatro, música, redação e outras optativas de arte, desenho, pintura e gravura), eu sempre recebia muitas notas 10. Já em qualquer matéria fundamentada em regras fixas, como matemática, química ou física, minhas notas despencavam em queda livre; as estrelinhas douradas e carinhas sorridentes do ensino fundamental eram coisa do passado.

Quando chegava o boletim, eu tentava explicar à minha mãe, inconformada:

— São coisas absolutas, mãe. É um saco. Matemática, por exemplo. Dois mais dois é igual a quatro. Isso já está no livro, certo? Alguém já teve essa sacada. Não precisam mais de mim. Mas se alguém quiser descobrir como fazer a soma dar cinco, pode contar comigo.

Minha mãe dava um suspiro e assinava o boletim rapidinho, antes de o meu pai chegar em casa.

Quando a luz vermelha acendeu no *front* escolar, veias azuis saltaram da testa do meu pai. Uma nota que me fazia passar raspando ou um telefonema da escola sobre uma visita à sala do diretor deflagravam uma repreenda severa do meu pai, seguida de um certo alvoroço, na qual ele perguntava que raios eu estava pensando da vida e exigia que eu "tomasse jeito imediatamente". Mas eu não ia mal porque era rebelde; eu não tinha raiva dos meus pais nem de ninguém. Ainda assim, nos últimos anos do ensino fundamental minhas notas continuaram a despencar. As repreendas do meu pai ficaram meio automáticas, e foram se tornando mais brandas à proporção que ele aceitava a inutilidade desse expediente. Ele fazia uma careta com a boca, jogava as mãos para cima e saía de cena — isso se eu mesmo já não tivesse escapado do local.

Quando entrei no ensino médio, eu já havia renunciado totalmente à vida acadêmica em favor da minha promissora carreira como ator. Uma aptidão havia se transformado em paixão e florescido até virar um sonho. Durante boa parte do segundo semestre de 1978, eu frequentava a escola de dia e me apresentava à noite numa peça de sucesso, que já estava em cartaz havia um bom tempo no Vancouver Arts Club, sede da companhia de teatro mais conhecida da cidade. Todos os dias eu trabalhava no teatro até depois da meia-noite; na manhã seguinte, pulava da cama, me arrumava correndo numa clássica "coreografia" de quem está atrasado para a escola, me enfiava na minha picape, dirigia até o parque mais próximo, estacionava à sombra fresca de uma grande árvore, tirava um tapete emborrachado da cabine do carro, esticava na caçamba da caminhonete e dormia de novo.

A primeira aula do dia era de teatro, e me vi na bizarra situação de receber boas críticas por minha atuação profissional ao mesmo tempo que estava prestes a tomar pau nessa disciplina na escola por excesso de faltas. Numa tentativa de faturar créditos por conta da minha experiência de trabalho, chamei a atenção da professora de teatro para essa ironia. Nada feito. Mas verdade seja dita: ela estava de mãos atadas pelas políticas administrativas do colégio.

Com o tempo, ficou claro que eu ia levar bomba em praticamente todas as matérias. Avisei que não voltaria às aulas no segundo semestre. Dei uma volta na escola, recolhi as coisas do meu armário e me despedi dos amigos e professores com quem eu ainda mantinha algum tipo de comunicação. As dúvidas em relação à sensatez da minha decisão foram quase unânimes. Eu me lembro especialmente da conversa com o professor de estudos sociais.

— Você está cometendo um erro grave, Fox — alertou ele. — Você não vai ser bonitinho para sempre.

Por um segundo, pensei no que ele disse. Mas depois lancei um sorriso e respondi:

— Talvez eu seja bonitinho por tempo suficiente, professor.

Meu pai concordou em ir comigo de carro até Los Angeles para procurar um agente e dar início à carreira. Provavelmente você estava achando que ele ia protestar. Mas, considerando que ele mesmo frequentara a escola só até o nono ano, acabou raciocinando: embora eu tivesse me estrepado na escola, estava ganhando um salário razoável como ator. Sobre a mudança para a Califórnia, ele disse:

— Se você quer ser um lenhador, é melhor ir para a floresta.

Caramba. É isso que você, formando do ensino médio ou da faculdade, deve estar pensando neste exato momento. *Essa experiência é totalmente diferente da minha.* Não sei, não... Será mesmo?

Hoje, quando penso nisso, essa história parece representar muito bem o rito de passagem vivido a cada ano por milhões de jovens de 17 ou 18 anos. Minha saída de casa é análoga à experiência de qualquer aluno que deixa a casa dos pais para frequentar a universidade. Eu me dei um prazo de quatro anos para atingir o objetivo de me transformar num ator em tempo integral, e tinha uma vantagem em relação a vários amigos que estavam de saída para alguma universidade estadual: eu já sabia no que queria me formar, e evidentemente tinha percebido que minha escola pregressa não oferecia aquela carreira.

E, assim, meu pai me levou para Los Angeles, da mesma forma como provavelmente seus pais o levaram até Kenyon ou Ball State, ou qualquer outra faculdade que você tenha escolhido. E os quatro anos seguintes forneceram uma experiência de graduação universitária tão intensa quanto se espera de qualquer vida acadêmica, repleta de festas e com uma carga pesada de trabalho, sem tempo livre suficiente, com tempo livre demais, festas, prazos, sucessos, fracassos, festas, dores de cotovelo, namoradas, festas, ex-namoradas, futuras namoradas, festas e uma espécie de formatura. Se eu fiquei nervoso no começo? Você ficou? Eu também não, não muito. Fiquei pilhado. Eu sabia que esse era o próximo passo da minha vida, e talvez tenha sido tão fácil tomar essa decisão porque, entre outras razões, meu cérebro — assim como o cérebro de qualquer pessoa de 18 anos — ainda estava em fase de construção (acredite no que eu digo, eu entendo muito de cérebro).

Adolescentes saltam despreocupados rumo a um futuro incerto, enquanto seus pais ficam chorando dentro do Volvo estacionado junto à calçada. Isso porque o cérebro de um adolescente não está maduro o bastante para reconhecer e avaliar riscos. É por isso que conseguimos convencer jovens, homens e mulheres, a lutar em guerras — e por isso a MTV e a ESPN2 estão lotadas de garotões com cabelos moicanos e tatuagens dispostos a saltar de um ônibus e aterrissar em cima de um skate. O córtex pré-frontal, também chamado de lar da razão, é a parte do cérebro que usamos para tomar decisões. Ele é nosso bastião contra comportamentos camicases. O córtex pré-frontal de um adolescente está em fase de crescimento, estabelecendo conexões com outras regiões do cérebro. Nessa etapa, quem está a todo vapor é a *amígdala*, centro das reações instintivas e das emoções brutas. Sensatez não é o forte por ali.

Com tantas considerações imediatas para levar em conta, não sei se meus pais tiveram tempo para ponderar as implicações mais amplas da odisseia na qual eu estava embarcando. Eles podiam até ser desinformados sobre o mundo do *showbiz* a ponto de não terem medos específicos. Ainda assim, por mais distantes que fossem desse universo, eles eram invadidos pela preocupação de que eu poderia ser sugado por um redemoinho de depravação, exposto a uma orgia sem fim — um banquete permanente de bebedeira, comportamentos arruaceiros e sexualidade explícita.

É evidente que tudo isso aconteceu de fato. Só que a festa não era em Hollywood, e sim em Westwood, no *campus* da Universidade da Califórnia, em Los Angeles (Ucla). Embora eu não tivesse nenhuma ligação acadêmica com a vida universitária, eu tinha feito amizade com três alunos que haviam se transferido da Universidade do Maine, colegas numa fraternidade da faculdade. Eles estavam morando fora do *campus* enquanto esperavam vagas na república da fraternidade da Ucla. Ocupantes temporários do apartamento vizinho ao meu, os Maine-íacos (era assim que eu me referia a eles) enfrentavam o choque cultural da mudança Orono-Los Angeles, tão aterradora para eles quanto minha adaptação Canadá-Califórnia. Era fácil reconhecer aspectos da minha experiência na vivência deles. Jovens, longe de casa, na esperança de atingir um patamar ainda indefinido, eles liam livros em busca de notas melhores, assim como eu me debruçava sobre roteiros em busca de trabalhos melhores.

Ainda que no horário de trabalho e de aula cada um de nós fosse para um lado, meus amigos forneceram a porta de entrada para aquelas que eram de longe as melhores coisas da vida no *campus* — a cerveja de graça e as alunas universitárias. Lembro que, na época, eu pensava que nossa situação era muito semelhante, mas eu me dava alguns pontos a mais por conta da pressão da busca pelo próximo trabalho.

— Pra vocês é fácil — dizia eu. — É como se seus pais estivessem pagando mais quatro anos de ensino médio.

Eu estava equivocado, de muitas maneiras. Para começo de conversa, a universidade é bem mais exigente que o ensino médio — não que eu conhecesse as exigências do ensino médio, considerando que quase não me esforcei para cumpri-las. A outra falha da minha afirmação era a suposição simplista sobre quem estava pagando a conta. Pensando em minhas raízes de família trabalhadora canadense, minha sensação era a de que, por trás de cada um desses alunos e alunas, havia uma mamãe ou um papai americano, benevolente e tolerante, que mandava feliz o dinheiro da universidade — universidade que, por sua vez, daria de comer e beber ao jovem pelo tempo necessário para que o córtex pré-frontal e a amígdala atingissem o peso adequado no equilíbrio de suas influências.

Ao expor minha teoria de mais "quatro anos de ensino médio", provoquei uma reação irada. Por acaso eu fazia ideia do tipo de dívida financeira que aqueles caras estavam carregando nas costas? Tive de admitir que não. Boa parte dos gastos que eles tinham com educação formal deveria ser paga de imediato, enquanto eu, em minha educação experimental, estava na realidade pendurando a conta; conforme demonstrarei em instantes, isso é especialmente perigoso quando se é incapaz de fazer as quatro operações básicas. Portanto, todos nós sentíamos o peso da expectativa. Porém, eu me sentia mais confortável por não ter de carregar aquela dívida toda, considerando que eu nem mesmo tinha decidido pelo que valeria a pena me endividar.

Apesar de ter sido um aluno indiferente na escola, eu sempre gostei de ler, e conhecia a história de Sísifo. Imaginei que cada um dos Maine-íacos, com seus respectivos empréstimos, precisava empurrar uma imensa pedra montanha acima. Percebi que a pedra não era a dívida, e sim a carga de trabalho do curso que eles frequentavam. A dívida era a montanha. No meu caso, eu só estava dançando à beira do precipício.

Por isso cada um de nós — fossem eles, rumo à universidade; fosse eu, rumo a Hollywood — poderia ser descrito como um ser pleno de arrogância e coragem, com grandes expectativas e pequenas restrições. Talvez o que nos distinguisse fosse o fato de que eu não tinha um projeto.

Só como um exercício, recentemente peguei um catálogo dos cursos do Hunter College, que pertence à Universidade da Cidade de Nova York. Lendo a grade de matérias, percebi que minha experiência de vida poderia se encaixar no roteiro para uma formação universitária: a formação que eu supostamente teria perdido. A observação de uma série de cursos universitários tradicionais, conforme descritos no catálogo, pode mostrar que, até certo ponto, eu cumpri as exigências de cada matéria específica, ainda que não tivesse ideia do que estava fazendo.

Eu posso até ter matado aula, mas não deixei de aprender as lições.

PART II

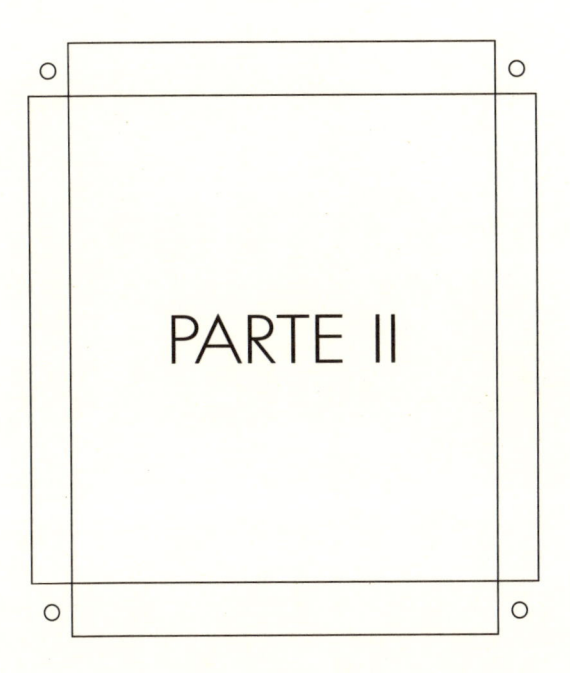

PARTE II

Economia

Economia é a ciência social que estuda a melhor forma de utilizar recursos escassos para satisfazer necessidades e desejos humanos ilimitados. Alunos de Economia se transformam em pessoas que solucionam problemas. Eles aprendem a analisar uma situação, descobrir o que é importante e determinar o que pode ser eliminado.

NUM SENTIDO PURAMENTE ACADÊMICO, QUASE TUDO o que sei sobre economia eu aprendi com Alex P. Keaton. Os anos em que interpretei esse jovem capitalista ultraconservador e amante de Milton Friedman me deram uma breve familiaridade com termos como "oferta e procura", "produto interno bruto" e "economia de gotejamento". Entretanto, considerando que eu não nutria um fascínio pessoal pelo mundo das finanças e que as tendências de mercado iam além do meu desejo de ator de parecer crível no papel, eu normalmente tinha de ficar atento para não aparecer diante das câmeras segurando a página de mercado de ações do *Wall Street Journal* de cabeça para baixo. Ainda assim, o período transcorrido entre minha mudança para os Estados Unidos e a suada conquista do papel na série *Caras & Caretas* representou um curso intensivo sobre as leis básicas da economia.

Conceitos essenciais como "oferta e procura" ganham uma dimensão completamente diferente quando você, o ator, é a "oferta" — e, por mais que tente, você não consegue garantir nenhuma "procura". Já "economia de gotejamento" era apenas outra maneira de dizer "você está torrando dinheiro antes mesmo que ele chegue ao seu bolso". Além disso, os valores absolutos matemáticos sobre os quais eu reclamava para minha mãe já não eram apenas números aleatórios numa página, mas sim pedaços específicos de informação, relevantes para a minha vida. Dominá-los era crucial para minha sobrevivência imediata. Indo direto ao ponto, eu tinha de aprender a cumprir a meta: *analisar uma situação, descobrir o que é importante e determinar o que poderia ser eliminado.*

As dimensões do meu primeiro apartamento em Los Angeles certamente pareceriam familiares para qualquer universitário que mora sozinho: uma quitinete de cinco por quatro, com um banheiro minúsculo — privada, chuveiro sem banheira e uma pia. A pia era a única do apartamento, e a cuba era tão pequena que eu tinha de lavar a louça no chuveiro. Às vezes acontecia de eu lavar o cabelo com detergente e a louça com xampu anticaspa. Um armário fazia as vezes de cozinha. Mas, por 225 dólares ao mês, com um contrato semestral, eu estava na Califórnia, independente e loucamente feliz.

O inventário das posses terrenas de um garoto de 18 anos que morava sozinho em Los Angeles era o seguinte: uma mochilona cheia de roupas (isto é, roupa suja), um fogareiro portátil, uns pratos descombinados, objetos de toalete, cobertor, lençóis e um despertador a corda. Ah, e havia também os móveis: um colchão e uma cadeira dobrável de diretor de cinema.

No início, eu trabalhava sem parar, e fazia pequenos papéis e participações especiais em episódios de programas de televisão como *Family* e *Lou Grant*. Logo consegui um emprego como ator fixo em *Palmerstown, U.S.A.*, uma série de meio de temporada da CBS que fora encomendada para ter oito episódios de uma hora cada um. Depois fiz mais trabalhos esporádicos em televisão (*Trapper John, M.D.* e *Here's Boomer*), alguns comerciais (McDonald's, desinfetante para ladrilhos Tilex) e um pseudofilme, o clássico do cinema trash *Os donos do amanhã*. De modo geral, meus primeiros dois anos e meio em Los Angeles representaram uma onda razoável de sucesso.

Mas então por que, num intervalo de menos de três anos, eu estava praticamente passando fome?

Pode ser que eu tenha sido ingênuo, mas talvez a palavra "burro" baste. Eu não tinha paciência para números e, portanto, nenhuma facilidade para controlar minhas dívidas e meus gastos. E eu ainda nem tinha começado a compreender como utilizar *recursos escassos para satisfazer necessidades e desejos humanos ilimitados*.

Logo de início, Bob, meu agente, ficava com os costumeiros 10% do meu contracheque, e meus empresários Sue e Bernie mordiam mais 20% pelo trabalho de ficar segurando a minha mão. Lá pela metade da primeira temporada de *Palmerstown*, meu contrato de aluguel venceu. Eu precisava de mais espaço, e encontrei um quarto e sala um pouquinho maior, mas igualmente sem luxos, perto de Brentwood. O aluguel era quase o dobro do que eu vinha pagando, 425 dólares. Mas, além de uma banheira, o apê contava com uma pia de verdade na cozinha.

Em cima da pia havia um armário, aparentemente para a louça, mas era ali que eu guardava meu monstro, aqueles "absolutos" matemáticos que mordiam meus calcanhares. Criei o hábito de amontoar todas as contas e cartas ameaçadoras de credores numa pilha desorganizada, e enfiava tudo no armário sobre a pia da cozinha: o monstro de papel crescia a cada dia. Como eu não queria pensar no assunto — e muito menos olhar as contas —, eu abria o armário, socava mais papel com letras vermelhas e fechava a porta rapidinho. O que os olhos não veem, o coração não sente: um armário cheio de valores aterradores e implacáveis.

De acordo com o Sindicato de Atores, eu ganhava o salário mais mínimo que existia. Quase não dava para cobrir o básico — apartamento, roupas, aluguel do carro, comida — e mais as despesas profissionais (todas aquelas porcentagens). E havia também o governo. Durante aquele primeiro ano em Los Angeles, eu não tinha percebido uma sutileza no que sobrava dos meus pagamentos: os empregadores não estavam deduzindo impostos estaduais ou federais do meu salário, e não passava pela minha cabeça reservar algum dinheiro para esse fim.

Quando recebi a primeira cobrança da Receita Federal, fiquei apavorado e liguei para os meus empresários. Eles recomendaram que eu procurasse um contador. O cara me explicou um método organizado para aplicar ganhos presentes e futuros com o objetivo de pagar os impostos devidos, e por esse serviço ele ia cobrar 5% de todos os meus proventos presentes e futuros. Isso aumentava para impressionantes 35% os honorários que eu pagava logo de saída.

Quando eu ganhava 4 mil dólares num mês — o que parecia muito dinheiro para a carteira de um adolescente —, ficava imaginando todas as coisas que poderia fazer com essa grana. Mas depois que o cheque enfrentava aquele corredor polonês de obrigações financeiras, mal sobrava para comprar umas sobras.

Lamentavelmente, eu não passara tempo bastante na aula de matemática para dar valor ao poder das deduções de porcentagens — e, se alguma vez eu tivesse de fato sentado para fazer as contas, o resultado teria sido mais ou menos assim:

US$ 4.000	dia do pagamento
− 1.400	35% das comissões
− 1.200	impostos
− 425	aluguel
− 300	pagamento do carro, seguro, gasolina
− 100	contas de água, luz etc.
− 150	roupas para testes, fotografias para portfólio, publicidade etc.
− 450	alimentação: cota de apenas 15 dólares por dia
= (25)	

Para quem ainda não fez o curso de Introdução à Economia, os parênteses significam que no final do mês ei ficava devendo 25 dólares. E isso sem nenhuma extravagância, como ingresso para cinema ou cerveja.

O projeto de recuperação financeira do meu contador jamais saiu do papel. Sem conseguir trabalho durante uma prolongada greve do Sindicato de Atores em 1980, eu estava praticamente na miséria quando entrei na segunda e última temporada de *Palmerstown*. Depois que a série foi cancelada, tive alguns empregos, mas eu mal ganhava o bastante para sobreviver — e nem de longe conseguia começar a pagar minhas dívidas para valer. Enquanto a maioria dos atores desempregados complementa a renda empacotando compras de supermercado ou trabalhando como garçom, minha condição de estrangeiro tornava essas alternativas impossíveis para mim. A única maneira de trabalhar legalmente nos Estados Unidos era como ator. Eu estava de mãos atadas.

De vez em quando eu recebia um cheque com algum resto de pagamento por um comercial ou episódio antigo de televisão. Em geral, eram valores pequenos que passavam primeiro pelas mãos do meu agente e dos meus empresários, com impostos retidos na fonte. Sendo assim, a quantia líquida que de fato chegava a minhas mãos era de dar dó. É isso o que significa a expressão "viver como um artista miserável". Se eu era ou não um artista era algo discutível, uma vez que eu não tinha a chance de desenvolver minha arte e não recebia nenhuma oferta para fazê-lo. Mas a parte da miséria estava correta. Minha alimentação fora reduzida a latas e caixas com rótulos secos e genéricos, como ATUM ou MACARRÃO INSTANTÂNEO.

Comecei a liquidar os poucos bens de que dispunha, como os meus móveis. Ao fim de alguns meses, havia vendido todos os módulos do meu sofá, um por um. O comprador era outro jovem ator, que morava no mesmo prédio que eu. A natureza parcelada da operação somava ofensa à pobreza, uma vez que o negócio enfatizava as trajetórias inversas de nossas respectivas carreiras.

Considerando minha situação, talvez tivesse sido mais sábio deixar cair o pano. Não seria vergonha nenhuma voltar ao Canadá e repensar a vida. Mas eu tinha minha dívida com a Receita. Se fugisse dela, estaria dando adeus aos Estados Unidos para sempre.

Meu telefone havia sido cortado, e por isso eu tinha dado ao meu agente o número do orelhão de uma lanchonete ali perto. Eu usava o lugar como escritório improvisado. Caso a remota possibilidade de alguém me fazer uma oferta de trabalho se concretizasse, meu agente poderia me encontrar ali. Mas em geral era eu quem ligava para ele. E aí uma coisa começou a acontecer. Sem que eu pensasse na situação nesses exatos termos, minha cabeça passou a considerar o conceito de oferta e procura. A área na qual eu tentava ser bem-sucedido apresentava tremendas reviravoltas da sorte, pelo menos para aqueles que conseguiam convencer os outros a contratá-los. No fundo, a questão se reduzia ao seguinte cenário: faça uma última tentativa desenfreada de ser comercialmente aceito, ou se afogue no mar desenganado das contas a pagar.

Então comecei a me dedicar mais do que nunca aos testes, e passei a prestar mais atenção à minha aparência. Àquela altura, boa parte das minhas "gordurinhas" de infância já tinha desaparecido — não por causa de alguma dieta em voga, mas sim por conta de uma inanição totalmente fora de moda. Eu saía dos testes e usava minhas preciosas moedinhas para ligar para meu agente, pressionando-o para que ele insistisse com os diretores de elenco. Em resumo: ralei feito um alucinado para garantir o privilégio de ralar feito um alucinado... Ou pelo menos para me livrar das minhas dívidas alucinadas. Valeu a pena. Aos 15 minutos do segundo tempo da prorrogação, fui escolhido para representar Alex Keaton em *Caras & Caretas*. E lá estava eu, exatamente no mesmo orelhão na porta daquela lanchonete de quinta categoria em San Vicente, negociando meu contrato.

Em alguns meses eu consegui me livrar do problema de falta de dinheiro. Aos vinte e poucos anos, no início da década de 1980 em Los Angeles, com os bolsos cheios pelo sucesso de uma série de televisão que emplacara, agora eu tinha um novo problema (se é que eu podia chamar assim)... Uma amígdala desenfreada e um American Express Gold.

Literatura comparada

Os cursos de literatura comparada dirigem-se a alunos interessados numa visão ampla da literatura e na diversidade das culturas, dos movimentos e dos gêneros literários.

O AMOR PELA LEITURA QUASE ACABOU COM A MINHA carreira.

Eu estava em Los Angeles havia seis meses, e já tinha gravado metade da primeira temporada de *Palmerstown*. Passei o Natal na casa dos meus pais, mas, na volta para Los Angeles, os funcionários da imigração americana me detiveram e perguntaram se eu estava entrando no país a trabalho ou lazer. Meu empregador solicitara o visto de que eu, na condição de cidadão canadense, necessitava para trabalhar nos Estados Unidos. Apesar de já ter sido aprovado, o documento propriamente dito ainda não havia chegado. Nervoso por não ter o visto em mãos, perguntei à equipe de produção o que eu deveria dizer às autoridades do aeroporto.

— Não complique — aconselharam-me. — Não vá contar uma longa história sobre a papelada. Diga apenas que está visitando o país.

As pessoas que me deram esse conselho não contavam com a teimosia dos homens e mulheres que protegem as fronteiras americanas. Tampouco poderiam saber que, por mais razoável que eu fosse como ator, eu mentia muito mal. E logo descobririam que eu era um idiota completo. Uma dica para qualquer um que se vir nesse mesmo tipo de apuro: a Imigração não vai acreditar que você está de férias se (A) você estiver com uma passagem só de ida; (B) você estiver com uma mala cheia de roupa suja; e (C) você estiver de posse de qualquer indício insignificante de que na verdade mora na cidade estrangeira que alega estar "apenas visitando".

No meu caso, esse indício insignificante era minha carteirinha da biblioteca de Beverly Hills.

O elemento redentor dessa história é que eu possuía uma carteirinha de biblioteca. Na condição de ator passando necessidade, eu não tinha dinheiro para comprar livros, mas não podia me dar ao luxo de não ler. No entanto, se eu fosse fazer um exame detalhado dos registros bibliotecários de minhas preferências literárias da época, provavelmente me encolheria de medo. Eu lia apenas para me divertir, e não para me educar, e, quando topava com uma grande obra literária, era mais por acidente que por intenção. Anos mais tarde, quando já comprava livros em vez de pegá-los emprestados, eu ainda era aficionado por *best-sellers* de bolso. Alguns meses depois de começarmos a namorar, Tracy e eu tiramos nossas primeiras férias juntos. No primeiro dia, fomos à praia, cada um com um livro na mão. Conforme eu descobri, Tracy estava lendo *O prefeito de Casterbridge*, de Thomas Hardy. Eu fui de Stephen

King. Não me lembro qual era o título, mas sei com certeza que era um dos mais pesados (tinha pelo menos um quilo).

Quando se fala em literatura "comparada", alguém poderia perguntar: "comparada a quê?". Pessoalmente, costumo comparar livros a suas adaptações para o cinema. É um exercício interessante. Segue aqui uma breve lista de cinco exemplos que me vêm à cabeça, bem como minha humilde avaliação pessoal sobre quem aproveitou melhor o material — o escritor ou o diretor. Resumindo: o que ficou melhor, o livro ou o filme?

1. *O poderoso chefão*, de Francis Ford Coppola, 1972
Baseado no livro de Mario Puzo, 1969

O ornamentado romance épico de Mario Puzo, narrado com grande entusiasmo e ritmo, é o tipo de coisa que poderia me ocupar durante as férias enquanto Tracy relê *Agonia e êxtase*, mas o livro não chega à altura da obra-prima de Francis Ford Coppola. Personagens-clichês na página impressa são arrebatadores na tela, graças ao talento de Brando, Pacino, Duvall e Cazale.

2. *Tubarão*, de Steven Spielberg, 1975
Baseado no livro de Peter Benchley, 1974

O romance é daqueles que você não consegue parar de virar as páginas, mas o inovador filme de Steven Spielberg é daqueles que te viram o estômago (e digo isso como um elogio). Uma coisa é ler sobre um tubarão branco que devora o Capitão Quint. Outra coisa completamente diferente é ver o monstro mastigar Robert Shaw. Para fazer justiça a Peter Benchley, também prefiro a versão de John Huston de *Moby Dick* em comparação ao romance de Melville.

3. *Moby Dick*, de John Huston, 1956
Baseado no livro de Herman Melville, 1851

É sério, volta lá e lê aquele troço... Demora um século só para eles entrarem no barco.

4. *Clube da luta*, de David Fincher, 1999
   Baseado no livro de Chuck Palahniuk, 1996

Primeira regra do Clube da Luta: não se fala sobre o Clube da Luta. Mas vou dizer uma coisa. O livro é ótimo. O filme é ótimo. Empate técnico.

5. *2001 - Uma odisseia no espaço*, de Stanley Kubrick, 1968
   Livro de Arthur C. Clarke, 1968

Esse é difícil. O livro de Clarke foi publicado depois do lançamento do filme de Kubrick, e cada um trabalhou em sua versão paralelamente ao outro. O filme tinha um visual deslumbrante, e o clima era sensacional. Mas devo admitir que só depois de ler o livro de Clarke eu consegui identificar o enredo. Ponto para Arthur C. Clarke. Um comentário interessante: só recentemente fui informado por meu filho Sam que "HAL", nome dado no filme ao computador amotinado, é uma brincadeira com uma conhecida sigla. "H-A-L" são as três letras do alfabeto que antecedem as da sigla IBM.

• • •

AINDA QUE ESSE EXERCÍCIO SEJA DIVERTIDO, A LISTA de adaptações do papel para a tela é longa, e você provavelmente tem suas preferências pessoais. Ao comparar as qualidades positivas e negativas de livros e filmes, não se esqueça das vantagens narrativas de cada veículo. O escritor conta com o benefício da explanação, dos diálogos internos, e sua imaginação não é limitada por custos de produção. O diretor pode fazer uso de um visual dinâmico, além de aproveitar o poder visceral do desempenho dos atores.

Por experiência própria, conheço as dificuldades inerentes à adaptação de um livro popular para um filme bem-sucedido — veja o caso de *Nova York, uma cidade em delírio*.

Pensando bem... leia o livro.

Física

Física é o estudo das interações básicas que regem o comportamento do universo como o conhecemos. Sendo assim, o conhecimento da física é necessário para a compreensão correta de qualquer ciência.

O QUE MAIS ME ATRAI NAS LEIS DA FÍSICA É A INDIFErença que essas leis demonstram em relação ao que eu penso sobre elas. Obedecê-las não é uma opção. Seu absolutismo é muito mais tangível do que a rigorosa matemática, em que a prova requer inúmeros garranchos num quadro-negro. Uma aula de física pode ser simples como ficar debaixo de um tijolo em queda livre... ou mijar ao vento... ou fazer uma tentativa de enfiar dez quilos de merda num saco de lixo com capacidade para cinco quilos.

Quando eu era garoto, em diversas ocasiões tentei, de forma desavisada, testar os limites dessas leis que regem comportamentos universais. Em outros momentos, confirmei sua autoridade sem ter consciência do que estava fazendo. Tomemos como exemplo meus tempos como jovem jogador de hóquei sem as medidas ideais para a prática desse esporte. A cada jogo eu atirava meus franzinos 30 e poucos quilos no meio do caminho de jogadores bem maiores do que eu, e no fim das contas eu era quase liquefeito em um monte de meleca na superfície do gelo. Em algum momento descobri que, se me posicionasse da forma correta no caminho de um adversário que se jogava em minha direção e conseguisse atingir com meu ombro o ponto exato bem no meio do peito do opositor, eu poderia fazer o desgraçado aterrissar de bunda no chão. Eu não sabia que estava utilizando os poderes da física. Não tinha nenhum conhecimento sobre ponto de apoio, transferência de peso, centro de gravidade ou ações com efeitos iguais ou contrários. Na minha cabeça, a coisa funcionava da seguinte maneira: quanto maior o sujeito, maior o tombo.

Com o tempo, minha compreensão da física ganhou nuances. "A única razão da existência do tempo é para que todas as coisas não aconteçam de uma vez." Na adolescência, eu não sabia que a frase acima deveria ser atribuída ao gênio cabeludo querido por todos: Albert Einstein. Peguei a citação de alguém e passei adiante como se fosse minha, quase sempre na condição de desculpa esfarrapada para meus atrasos na escola, na hora do jantar ou em qualquer outra situação. Eu achava a frase divertida. Meu pai, oficial aposentado do Exército que sempre teve um relógio militarmente preciso, não se impressionou tanto (ainda que talvez tivesse se surpreendido se soubesse que eu estava citando Einstein). Einstein, é claro, tinha muito a dizer sobre as leis da física e sua relação com todas as questões temporais — em certa altura, ele teorizou que "a distinção entre passado, presente e futuro não passa de uma ilusão teimosa e persistente". Talvez esse seja o único contexto no qual Albert e eu possamos ser citados na mesma frase: viagem no tempo. É como diz o pôster do filme: "Ele nunca chegava para as aulas a tempo... Nunca chegava para o jantar a tempo... E então, um dia... Ele já não vivia mais no seu tempo".

Para muita gente, Marty McFly personifica uma possibilidade apenas sugerida pelos maiores físicos do mundo. Sou constantemente bombardeado por perguntas sobre o *continuum* espaço-tempo, sobre a teoria das cordas e os capacitadores de fluxo. Acredite, não é falsa modéstia de minha parte responder com total e absoluta ignorância: *Gente, era só um filme. E aproveitando: não existem skates voadores* (falarei mais sobre esse assunto em instantes). Mas tem uma coisa que eu posso dizer. O filme *De volta para o futuro* realmente me deu a chance de esticar as leis da física muito mais do que eu imaginava ser possível — ainda que eu não tenha chegado a desafiar seus limites. Em vários momentos da tempestuosa agenda de filmagens, as linhas da realidade ficaram indefinidas, e eu podia jurar que estava em dois lugares ao mesmo tempo.

Aceitei o papel de Marty McFly em janeiro de 1985. O diretor Bob Zemeckis e sua equipe estavam filmando com outro ator havia cinco semanas quando decidiram que era necessário fazer uma mudança. Steven Spielberg, produtor-executivo do filme, consultou seu grande amigo Gary David Goldberg, criador de *Caras & Caretas*, e perguntou se eu estaria disponível para assumir o papel. Não era a primeira vez que Steven pensava em mim para interpretar Marty. Antes mesmo da produção de *De volta para o futuro* começar, ele já tinha perguntado a Gary sobre mim. No entanto, tendo uma temporada inteira de filmagens do seriado pela frente, Gary concluiu, relutante, que seria impossível me liberar. E eu nem fiquei sabendo do pedido.

Mas então, meses mais tarde, com apenas metade da temporada de *Caras & Caretas* por fazer, meu chefe na televisão sugeriu que talvez fosse possível, e me chamou até seu escritório para falar sobre a proposta. Eu me agarrei com todas as forças àquela oportunidade. Gary ficou feliz por mim, mas fez um alerta sutil:

— Você está consciente de que não poderá faltar a uma hora sequer de trabalho para a série de TV, não? Você tem de estar aqui todos os dias e fazer todas as cenas, como sempre. Pode rodar o filme à noite, nos finais de semana, ou em qualquer momento em que não esteja aqui. Você decide.

Jovem, ambicioso e convencido da minha invencibilidade, eu apenas sorri diante da perspectiva de jornadas de trabalho de 18 ou 20 horas diárias, sem temer a possibilidade de viver na ponte aérea entre os estúdios da Paramount, os da Universal e as locações do filme — e depois voltar para a Paramount.

Corta. A ação avança três semanas. Eu surjo reduzido a um estado de demência funcional. Conforme prometido, eu participava dos ensaios de *Caras & Caretas* durante o dia. Depois uma van vinha me buscar; o motorista me entregava um pacote de *fast-food* (às vezes, só um *milk-shake*) que eu consumia nos 20 minutos que o carro levava para ir até Cahuenga Pass e chegar ao estúdio de filmagem, onde eu trabalhava até as duas ou três da madrugada, momento no qual o mesmo motorista me levava até meu apartamento e às vezes literalmente me botava na cama. Na mesma manhã, quatro ou cinco horas depois, outro motorista (o sindicato não permitia que eles se submetessem aos mesmos horários de trabalho que eu) entrava na minha casa, ligava o chuveiro, me despertava do meu estado de coma e me entregava de volta aos estúdios de TV.

Estudos já demonstraram que a privação severa de sono pode causar efeitos terríveis no organismo, provocar alucinações e, em casos extremos, levar à insanidade temporária. Naquele período, experimentei um estado de confusão, e em nenhum momento era capaz de saber em qual *set* de filmagem eu estava, com quais personagens estava contracenando, que figurino estava vestindo. A rigor, eu não sabia nem quem eu era. Mais de uma vez chamei Steven Keaton de Doc Brown e, antes de entrar no cenário da cozinha nas noites de filmagem com presença da plateia, entrei em pânico ao perceber que não estava vestindo meu colete acolchoado cor de laranja. A agenda de filmagens redefiniu meus conceitos sobre o que é possível e impossível. Felizmente, durante mais ou menos duas horas, *De volta para o futuro* teve o mesmo efeito sobre as plateias de cinema.

Não importa quão fantasiosa seja a premissa de um filme: sempre existem algumas pessoas especiais que entram na onda e levam aquela loucura toda ao pé da letra — como no caso do skate voador. Já respondi a mais perguntas sobre skates voadores do que sobre qualquer outro tema da trilogia. Pessoas normalmente sensatas se convenceram de que tais aparelhos existiam de fato, sobretudo depois que Bob Zemeckis fez alguns comentários irônicos para a imprensa sobre grupos de pais que teriam proibido fábricas de brinquedo de colocar aquilo à venda (o resultado foi que centenas de crianças começaram a telefonar para a Mattel, exigindo skates voadores como presente de Natal). Acredite: caso alguém realmente tenha concebido e produzido um skate voador capaz de impulsionar um surfista sobre uma onda invisível de ar, eu não estou sabendo desse segredo. Se tal dispositivo de fato existisse, ele teria me poupado de passar horas pendurado por fios, como um Pinóquio de carne e osso. Eu alternava entre ficar preso a todo tipo de cinto de segurança, a ganchos articulados atados às minhas pernas e a dispositivos voadores projetados pelos mais sádicos engenheiros de efeitos especiais, e meu pé ficava grampeado àquele pedaço de plástico cor-de-rosa. Passei horas suspenso por cabos de metal, pendurado em gruas de 18 metros de altura, balançando para a frente e para trás em pleno *set* da Courthouse Square.

Durante a filmagem dessa sequência, Tracy estava grávida do nosso filho Sam. Eu vivia com um *pager* (foi na era pré-telefone celular), e meu único objetivo era ser avisado em caso de um parto antecipado (ou, no léxico da física, caso o feto atingisse sua massa crítica). Graças a Deus aquele troço não apitou enquanto eu "pairava" sobre o skate, porque eu não teria podido fazer nada.

Quando fala de mim, Tracy costuma se referir a um conhecido conceito da física: "inércia". Conforme Newton sustenta em sua primeira lei: *Um objeto permanecerá em repouso até que uma força externa aja sobre ele. Um objeto em movimento manterá sua velocidade até que outra força aja sobre ele.* Ou seja, dependendo do que acontecer na minha vida em determinado momento, posso me comportar como o ser humano mais preguiçoso da face da Terra, ou então como o mais ocupado. Fico plenamente satisfeito fazendo nada, até ser catalisado por uma pessoa ou um projeto — e, nesse caso, vou em frente sem parar, até que uma força contrária aja sobre mim e me reverta novamente ao modo estático.

Pensando bem, Newton poderia estar falando sobre o mal de Parkinson. A doença me deixa em movimento constante, até o momento em que pudermos (e sei que iremos) descobrir uma força que interrompa seu avanço. Num sentido metafísico, no entanto, em várias ocasiões já defendi a ideia de que o próprio mal de Parkinson era a força que interrompia o gasto por vezes despropositado de energia cinética no qual eu me metia quando jovem. Minha fórmula: eu não conseguia ficar parado até que eu não conseguisse mais ficar parado.

Mesmo um sujeito que largou a escola é inteligente o bastante para ter consciência da própria incapacidade de burlar a primeira lei de Newton. Mas talvez eu tenha encontrado uma forma de entortá-la só um pouquinho.

Ciências políticas

As ciências políticas tratam dos vários arranjos políticos, sociais e culturais que governam a vida das pessoas.

MEU INTERESSE POR POLÍTICA REMONTA AOS ÚLTIMOS anos do ensino fundamental, quando eu trabalhava como voluntário na apuração dos votos para o Partido Liberal da Colúmbia Britânica (eu não tinha que contar muita coisa). Não sei se por osmose, curiosidade intelectual ou por um sentimento de responsabilidade cívica, meu filho Sam, hoje já na faculdade, desenvolveu seu próprio fascínio pelo processo político. Assim como muita gente da idade dele, Sam se empolgou com as últimas eleições presidenciais e envolveu-se na campanha. Por isso, fazia todo o sentido que nós estivéssemos no exato lugar onde estávamos na manhã do dia 20 de janeiro de 2009: congelando a bunda em pleno National Mall, em Washington, D.C., enquanto Barack Hussein Obama fazia seu juramento na cerimônia de posse como o 44º presidente dos Estados Unidos. Deixando de lado a questão política mais ampla, a ocasião tinha particular importância para mim, uma vez que o novo presidente havia prometido derrubar as restrições às pesquisas com células-tronco, impostas na era Bush — restrições contra as quais eu tinha feito uma inflamada campanha durante as eleições legislativas de 2006.

De acordo com pesquisas de opinião, a maioria dos americanos é a favor de estudos com células-tronco financiados pelo governo. Mas então por que tivemos de batalhar tanto politicamente para que isso avançasse? A resposta é a um só tempo simples e complexa. A política de George Bush propriamente dita não estava em questão nas urnas; o eleitor (ou eleitora) tinha de entender sozinho(a) a posição de cada candidato em relação às restrições à pesquisa, e avaliar se o candidato (ou candidata) votaria a favor do fim dessas restrições. Na condição de cidadão, cada um de nós tem as próprias crenças, preocupações éticas, medos, desejos e necessidades, numa ordem de importância que só nós mesmos conhecemos. E, assim, os candidatos e institutos de pesquisa de opinião tentam calcular quais temas os eleitores estão dispostos a abandonar ou deixar de lado diante da matriz de interesses mais amplos. Se você tiver um perfil de progressista a moderado, provavelmente será a favor das pesquisas com células-tronco — e, numa lista dos dez temas que deixaria de lado, colocaria esse assunto em oitavo lugar. Se for conservador e contrário às pesquisas com células-tronco, talvez coloque o tema em um dos três primeiros lugares. Diante do espírito de dividir para conquistar, um político "esperto", sem um forte compromisso pessoal com qualquer um dos dois lados, pode perceber que o assunto é tabu entre o eleitorado conservador e renunciar a esse tema para ganhar os votos da direita.

Minha intenção era lembrar às pessoas de que não estávamos falando de algo abstrato. O assunto diz respeito a elas e também a cem milhões de americanos que o veem como uma questão de vida ou morte. Uma coisa que eu nunca dizia é que os que se posicionavam do lado de lá da polêmica tinham menos compaixão, solidariedade ou preocupação com quem sofre e está doente. Muita gente contrária à pesquisa com células-tronco embrionárias acredita que sua opinião expressa tanta compaixão quanto a dos demais.

Entretanto, ao explorar a pesquisa médica como um tema controverso, os políticos fizeram o futuro de refém. Por isso era fundamental atrair o maior número possível de americanos para o debate e dar a eles o poder de tomar uma decisão bem-informada, fosse para um lado, fosse para outro. No final das contas, 15 dos 17 candidatos favoráveis às pesquisas com células-tronco para os quais fiz campanha em 2006 venceram as eleições. E talvez a posição de Obama em relação a esse assunto tenha sido ao menos um pequeno fator para garantir sua vitória em 2008.

A cada novo ciclo eleitoral, os apresentadores de TV abordam as pesquisas de opinião, que indicam a apatia dos eleitores universitários. Jovens eleitores já ouviram centenas de vezes a afirmação de que o "voto da juventude" não vai dar resultado. Assim como nos temas controversos, este é mais um método empregado para desestimular a participação no processo político daqueles que podem alterar o *status quo*: convencê-los de que seu voto é insignificante.

Só no final da corrida eleitoral de 2008, os supostos estudiosos se deram conta de que os institutos de pesquisa — que faziam seu trabalho ligando para números de telefone fixo — não estavam chegando aos jovens: em sua maioria, esse pessoal usa telefones celulares.

Tudo se resume ao indivíduo: você. O que é que você quer? Essas pessoas que tentam convencê-lo de que seu voto não faz diferença só terão razão se você não exercer seu direito de votar. Não dê sua opinião apenas nas ocasiões importantes — eleições presidenciais, legislativas e estaduais. Compareça também quando o voto for local: eleições para prefeito, vereador, diretor da Sociedade Protetora dos Animais... A democracia é um grande músculo. É preciso exercitá-lo e colocá-lo para trabalhar.

Moro nos Estados Unidos há 30 anos, mas faz apenas uma década que me tornei cidadão americano. Na condição de pai, eu tinha que opinar na formação do país onde meus filhos nasceram. Ao dar a cada um de nós o direito a voto, o país nos oferece a oportunidade, e também a responsabilidade, de criar o futuro que merecemos ter.

Geografia

Os cursos incluem geografia humana, geografia física, ciência dos sistemas terrestres, estudos ambientais e geologia. Os alunos desenvolvem a consciência em relação a fenômenos terrestres e ao papel de tais fenômenos na vida dos povos.

"Aonde quer que você vá, lá estará você."

Meu pai dizia isso o tempo todo, e eu sempre desprezava a frase porque ela parecia conversa fiada de pai — uma afirmação com a qual eu deveria fingir concordar fazendo um leve aceno de cabeça, para que ele não se sentisse provocado a ponto de estender ainda mais o assunto. Anos mais tarde, a declaração fez bem mais sentido para mim. No entanto, acrescentei uma sutil variação ao aforismo: "Aonde quer que você vá, *lá estará*". A soma de ambas as ideias é o conceito de que, para onde quer que você viaje, terá de se adaptar ao ambiente. O ambiente não se adaptará a você.

Nos idos de 1987, eu estava fazendo um filme ao lado de Sean Penn e do diretor Brian De Palma. Era o drama *Pecados de guerra*, cuja ação se passava no Vietnã. Naquela época, tive o privilégio de testemunhar como um pedaço específico do planeta — no caso, a ilha de Phuket, na Tailândia, Sudeste Asiático — resistia às investidas da equipe de um filmão hollywoodiano para tentar transformar a região em algo diferente daquilo que a natureza, o clima, a geologia, a botânica e a biologia haviam planejado. Na verdade, tudo o que aquelas pessoas estavam tentando fazer era transformar aquele lugar numa versão diferente de si mesmo. Deixe-me explicar.

Precisávamos filmar uma série de cenas noturnas de combate na selva. Naturalmente, as dificuldades de instalar no meio da floresta os trilhos que carregavam as câmeras, somadas a uma vasta gama de questões práticas, impossibilitavam o trabalho da equipe na selva propriamente dita. Por isso, Brian e seus técnicos partiram para um plano B. A ideia era recriar a floresta numa ampla área infértil que em algum momento fora o lar de árvores, mas que há muito tempo vinha sendo utilizada para a extração de algum tipo de cascalho — tratava-se de uma espécie de pedreira. Eles escolheram um trecho de terra à beira de vários abismos. Nesses abismos, a equipe cavou uma rede de túneis que ficaram expostos às câmeras de Brian. A vantagem era que o diretor conseguia filmar tomadas assustadoramente reais dos vietcongues se arrastando, armas em punho, por túneis sob o solo da selva, e em seguida subia a câmera para encontrar soldados americanos fazendo suas patrulhas, alheios à presença do inimigo. Para criar essa ilusão, a equipe de direção de arte trouxe centenas de árvores e plantas já crescidas e cavou também um pequeno lago — tudo cobrindo uma área de mais ou menos 5 mil metros quadrados. Pouco depois de instalar a nova paisagem verdejante, Brian e o elenco puderam ensaiar cenas que seriam filmadas algumas semanas mais tarde.

Os acontecimentos que se seguiram foram uma verdadeira lição sobre a tese de que "aonde quer que você vá, lá estará". A fauna e a flora ao redor reagiram rapidamente às mudanças que fizemos no ambiente, e reclamaram o terreno para si. Elas o envolveram, conquistaram-no. Como se o cenário não passasse de uma placa de petri, as chuvas sazonais e a umidade inclemente agiram sobre o "set", fomentando uma revolta de crescimento descontrolado. Pássaros tomaram conta da copa das árvores. Em seguida vieram as cobras. Plantas que poucas semanas antes eram apenas vestígios de germes tentando vencer o solo da floresta transformaram-se em brotos com metros de comprimento, que rastejavam pelo leito da mata para lançar garras mortais sobre as palmeiras recém-chegadas, enredando os pés dos atores desastrados que haviam ensaiado a cena exatamente no mesmo ponto há apenas alguns dias. As cenas noturnas exigiam grandes lâmpadas em formato de arco, abastecidas por carbono, e outros equipamentos hollywoodianos de iluminação. Toda essa luz atraiu enxames de insetos, cujo tamanho, formato e humor violento eram tão sobrenaturais que só o mais dedicado dos entomologistas ousaria capturá-los para identificação.

Em certo momento, lembro-me da minha dificuldade em compreender uma instrução de atuação dada por Brian — um homem grande e imponente, dono de uma seriedade concentrada. Ele parecia incomodado com minha desatenção no momento em que explicava sua leitura do dilema do meu personagem naquela etapa da trama.

— Desculpe, Brian — disse eu. — Estou prestando atenção. Mas é que tem um bicho do tamanho de um fusca escalando o seu braço.

E foi aí que o inabalável De Palma se abalou, agitando os braços para se libertar da besta em formato de escaravelho. Até hoje fico meio surpreso com o fato de Brian não ter sido carregado por aquela fera. O novo *set* serviu aos propósitos do cineasta, e tenho certeza de que as condições eram bem melhores do que seriam numa selva já existente. Mas a velocidade e o entusiasmo com os quais o ecossistema circundante se reproduziu numa faixa até então estéril da Tailândia foi um lembrete da nossa pequenez diante do poder da natureza e da pureza daquele lugar. *Aonde quer que você vá, lá estará.*

Assim como não se pode mudar a natureza essencial de um lugar, não acredite que o lugar mudará a natureza essencial de uma pessoa. Talvez, em certa altura da vida, você possa se sentir tentado pela ideia de recomeçar, ou até de estabelecer uma nova identidade ao arrancar suas raízes de um local e transplantá-las fisicamente para outro. É isso o que os psicólogos *pop* e as pessoas em recuperação chamam de "fuga geográfica".

Entretanto, para os jovens — definidos como pessoas "sem raízes" —, novos lugares e experiências podem ser saboreados pelo simples amor ao esporte. Quando eu tinha 20 e poucos anos,

Geografia

não esperava que as viagens fossem transformadoras, mas apenas divertidas. Na primeira vez em que me aventurei pelo México, por exemplo, não explorei ruínas maias nem estudei o povo e sua cultura. Minha lembrança mais marcante foi despencar sem camisa de um abismo em Cabo. Enquanto rolava sobre cactos e pedras, eu tentava recobrar o controle da situação. Minha preocupação não era não me machucar, mas sim não deixar a cerveja derramar. Num baque, aterrissei no fundo de um riachinho. Entusiasmado ao ver que minha garrafa de Tecate ainda estava cheia, a princípio não me dei conta do rasgo de 15 centímetros no meu ombro direito. Na minha condição de típico gringo ignorante, não quis nem saber do hospital local. Em vez disso, confiei no conselho da tripulação do barco de pesca que contratamos no dia seguinte — eles sugeriram que eu regasse o corte com tequila e o deixasse cauterizar sob o sol mexicano. Como você vê, apesar de não ter frequentado a faculdade, eu não perdi a Semana do Saco Cheio. Só que isso não é viajar; é fazer uma incursão.

Desde as viagens de carro pelo Canadá, durante minha infância, a bordo do Pontiac da família, até minhas recentes aventuras pelo Butão, no alto do Himalaia (falarei mais sobre esse assunto em breve), viajar sempre foi um pedaço importante da minha vida. Mesmo quando viajo a trabalho e não a lazer, em locações como a da Tailândia, ou em *tours* para promover a estreia de filmes ou projetos de televisão na Europa e na Ásia, sempre reservo um tempo para observar o lugar onde estou do jeito que ele é. Saio em busca do entusiasmo do que me é estranho, e não do conforto do que me é familiar. Não se trata de uma tentativa de me perder — e, para ser sincero, nem de me encontrar. O objetivo é apenas me divertir, aprender alguma coisa e dar valor à complexidade deste planeta e das pessoas que nele habitam.

Aonde quer que eu vá, eu me levo junto. E, pelo menos até hoje, as viagens sempre foram de ida e volta.

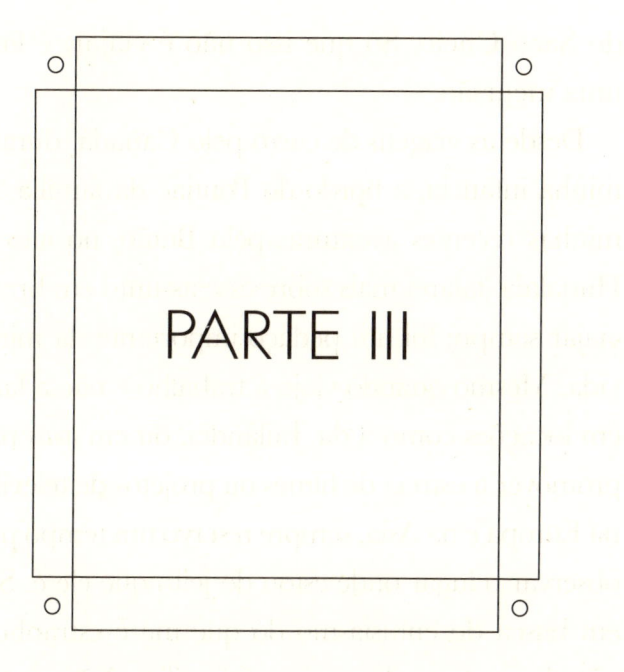

PARTE III

Preste atenção, garoto. Talvez você aprenda alguma coisa

APESAR DE TODA A AJUDA QUE TIVE PELO CAMINHO, ainda estou inclinado a acreditar no delírio de que descobri tudo sozinho. Eu costumava dizer para as pessoas que era um autodidata, e em seguida eu dava um risinho prepotente quando percebia, pela expressão no rosto do interlocutor, que eu era autodidata a ponto de ter aprendido sozinho essa palavra que nem ele conhecia. *Que otário*. Tenho consciência de que as grandes influências na minha vida foram e continuam sendo os caras que me mantiveram ligado ao mundo ao meu redor, preocupado com as pessoas que vivem nele.

John Wooden, o venerável técnico dos anos dourados da equipe masculina de basquete da

Ucla, comemorou recentemente seu 99º aniversário. Para marcar a ocasião, a ESPN entrevistou o falante Bill Walton, o enorme e desengonçado pivô que jogou em dois dos dez campeonatos vencidos por Wooden. Não foi tanto uma entrevista, mas uma espécie de *monólogo*, com direito a estrofes e mais estrofes de elogios ininterruptos por parte de Walton ao homem que evidentemente exerceu uma influência profunda e fundamental em sua vida. As histórias e lembranças eram temperadas por "woodenismos" que Walton e seus colegas Bruins[1] escutavam provavelmente todos os dias na quadra, ao longo de suas carreiras no basquete universitário. "Se você não tem tempo para fazer do jeito certo, quando é que vai ter tempo para fazer de novo?" Ou ainda: "A questão não é o que você faz, e sim como faz". E a minha preferida: "As

---
1. "Bruin" é um termo em inglês antigo para "urso-marrom". O animal é o símbolo das equipes esportivas da Ucla (Universidade da Califórnia em Los Angeles). (N. T.)

coisas acontecem da melhor maneira para aqueles que aproveitam da melhor maneira as coisas que acontecem".

Mas era óbvio que a relação do técnico com esses jovens transcendia o basquete. Pelo menos para Bill Walton, John Wooden foi mais do que um treinador — ele se transformou em um mestre. A relação deve ter sido complicada; na voz de Walton era fácil identificar não apenas o inegável afeto e o respeito pelo mentor, mas também uma certa dor, um enigmático sentimento de remorso e arrependimento, vestígios de uma situação, ou de situações, nas quais o elo fora ameaçado. Afinal de contas, os anos formadores da relação coincidiram com a escalada do conflito no Vietnã, e em algumas ocasiões a mistura da jovem rebeldia de Walton com o conservadorismo velha guarda de Wooden não deve ter sido fácil. Talvez tivesse sido mais simples se o papel de Wooden fosse apenas o de técnico: incentivar, organizar, quem sabe até inspirar, mas não se arriscar a enxergar nos jogadores qualquer coisa além de um meio para vencer mais uma temporada.

A homenagem de Bill Walton me fez lembrar a gratidão que sinto por uma série de pessoas presentes na minha vida, gente que se deu ao trabalho de declarar sua fé em mim, de me ensinar, incentivar, inspirar ou apenas livrar minha cara das colisões pelo caminho. Algumas delas, que me guiaram rumo a meus melhores interesses, sem dúvida se qualificam como mestres.

Ross Jones, meu professor de teatro no ensino fundamental, despertou em mim a compreensão de que uma vida criativa pode, sim, ser uma vida produtiva, e que é perfeitamente aceitável pensar em uma carreira como ator. Ele era uma das poucas figuras de autoridade que não via problema em dar uma leve remexida na situação. Quando penso em Ross, penso em três palavras que ele costumava dizer. Um sorrisinho dissimulado surgia em seu rosto fino e barbado, emoldurado por um topete de cabelo radicalmente longo para um professor, mesmo nos anos 1970. Ele abria as mãos na frente do corpo, como um mágico que revela as palmas vazias, e fazia uma pergunta retórica: "Por que não?". Era um típico conselho de mentor. Ross despertou em mim o pendor pelo questionamento e a aceitação de que as possibilidades eram infinitas.

Professores e técnicos, com exceções como Ross e Wooden, distinguem-se de mestres porque têm objetivos mais amplos — como cumprir o planejamento das aulas ou concentrar-se nos interesses do time, e não no aspecto individual. Eles até podem cultivar um interesse especial por você, mas eles não o escolhem, nem você os escolhe. Da mesma forma, não incluo os pais na minha definição pessoal de mestres, ainda que sejam, sem dúvida, a influência primordial na nossa vida. Eles nos puseram no mundo e podem fazer tudo o que está ao alcance deles para que avancemos com segurança. Mas, de certa maneira, esse é o trabalho deles.

No que diz respeito à família, dou crédito à mãe da minha mãe, Nana, pelo espaço que me foi concedido quando criança para sonhar e colorir fora das linhas desenhadas. Durante os primeiros dez anos da minha vida, minha esquisitice era tão irreprimível, e eu era tão pequeno, que a maioria dos adultos que convivia comigo tinha dúvidas sobre minha capacidade de me tornar um cidadão em pleno funcionamento. "O que é que ele vai fazer quando crescer — se é que vai crescer?"

— Não se preocupem — assegurava Nana. — Michael vai fazer mais coisas do que vocês imaginam.

A afirmação tinha o peso considerável da fama que ela carregava na família de ser uma vidente de habilidades comprovadas (entre outras premonições, depois que dois de seus filhos desapareceram no campo de batalha durante a Segunda Guerra Mundial, e foram dados como mortos, ela previu as circunstâncias exatas do retorno de ambos ao lar, com detalhes que viu num sonho).

Talvez você não acredite, mas a precisão das premonições anteriores de Nana me garantiu uma margem de manobra considerável. Ela morreu quando eu tinha dez anos, mas naquela altura já havia me deixado como herança o benefício da dúvida quando o assunto eram opiniões sobre as minhas perspectivas de vida. A fé inabalável de Nana em seu neto teve um impacto profundo no caminho que escolhi e na disposição das demais pessoas em me garantir um salvo-conduto.

Ainda que não tenha sido um mestre, meu irmão Steve serviu como modelo e exemplo a ser seguido. Steve é um cara firme — nunca sai da linha, e mesmo assim consegue se divertir à beça. Na verdade, a firmeza do meu irmão provavelmente facilitou minha condição de esquisitão: "Ah, tudo bem. O Mike pode até ser um inútil, mas pelo menos o Steve vai se dar bem na vida". Meu irmão mais velho, um sujeito honrado, jamais usou esse tipo de comentário contra mim. Oito anos mais moço do que ele, eu sempre achei (e ainda acho) que Steve gostasse de mim. E, por mais que ele considere algumas de minhas escolhas pouco convencionais, e de preferência evitáveis, ele me apoia. Sempre à minha frente no departamento dos grandes acontecimentos — casamento, filhos etc. —, Steve abriu caminhos e mostrou como fazer as coisas direito. Ele e a esposa são extremamente dedicados um ao outro. Têm uma filha e dois filhos, sendo que o mais velho nasceu com necessidades especiais. Meu irmão abraçou todos os desafios com coragem, inteligência e compaixão. Ele se fez extremamente presente junto à minha mãe, e a todos nós, quando meu pai morreu. Até hoje, Steve é a única pessoa com quem sou capaz de passar mais de 30 segundos ao telefone. Para falar a verdade, às vezes conversamos durante horas. Ele nem percebe que é uma espécie de mestre para mim — a gente só fica lá, falando merda.

Fora da família, a figura de mestre mais importante na minha vida foi, sem dúvida, Gary David Goldberg. Como criador e produtor-executivo de *Caras & Caretas*, ele me salvou da pobreza, me resgatou da obscuridade e, de certa forma, ajudou a me preparar para desafios e oportunidades que eu nem tinha notado. Gary foi o sr. Miyagi do meu Karatê Kid, o Doc Brown do meu Marty McFly... Espera aí, não foi não. Acho que Christopher Lloyd foi o Doc do meu Marty, mas de qualquer forma Gary também teve uma participação nisso.

No começo, Gary nem queria me contratar. Ele estava pensando em Matthew Broderick para o papel de Alex Keaton em *Caras & Caretas*. Quando Matthew recusou o papel e Gary começou a testar outros atores, fui o primeiro a ler uma cena de Alex. Judith Weiner, diretora de elenco, adorou meu teste. Gary detestou. Semanas se passaram e, ao final de cada sessão de testes infrutíferos, Judith buzinava na orelha dele: ele deveria me dar mais uma chance. Por fim, Gary cedeu e voltei para mais um teste — totalmente falido, faminto e loucamente entusiasmado. Em questão de minutos, Gary não estava mais me testando só para satisfazer Judith, e havia se transformado no meu fã número um.

O fato de eu ter convencido Gary não era uma garantia infalível de que já estivesse empregado. Gary tinha de me vender para uma NBC bem menos empolgada, com sérias dúvidas sobre minhas possibilidades de virar estrela de televisão.

— Não sei não, Gary — disse Brandon Tartikoff, diretor da emissora. — Não consigo imaginar a cara desse garoto estampada numa lancheira.

Impaciente e irritado com o critério da lancheira, Gary, um lutador indomável, brigou por mim, ainda que pudesse ter sido mais fácil agradar aos chefões e partir para o próximo candidato. A constatação de que Gary acreditava em mim legitimou a validade daquela aposta maluca que eu tinha decidido fazer. Eu jamais teria imaginado que aquele autor/produtor de comédias, um sujeito barbudo e grande feito um urso, se transformaria num mestre. Porém, diante da sutil sensação de que ele estava dando a cara a tapa por minha causa, compreendi que eu tinha pelo menos um defensor. Eu só queria uma chance. Agora alguém estava me oferecendo uma cartada e, ao fazer isso, essa pessoa arriscava o próprio cacife em meu nome.

— Olha, eu só sei dizer que escrevo duas piadas e o cara me faz rir três vezes.

Foi assim que Gary expôs a situação para os diretores do canal, quando finalizou o piloto de *Caras & Caretas*. A gravação ao vivo tinha sido boa, a plateia reagira animada e recebera muito bem o personagem Alex. Como todo e qualquer apadrinhado, eu queria garantir que meu benfeitor fosse reconhecido como gênio. Bom, talvez ele já fosse um gênio antes disso, mas pelo menos eu não o fiz passar por bobo. O termo Komedy Kollege (assim mesmo, com "K") descrevia a única forma de ensino secundário para a qual eu talvez me qualificasse. Posso dizer que me formei em "reações exageradas em séries cômicas". Gary tinha uma visão muito particular sobre a comédia. Graças a suas habilidades como produtor e a seu talento como autor, ele transformou um menino que nunca havia feito comédia na vida num jovem ator com a habilidade e a confiança necessárias para sustentar um programa de televisão numa grande emissora de TV aberta.

Ao longo dos anos seguintes, cometi minha cota natural de cagadas, e confesso que na década de 1980 estive bem perto de sair fora dos trilhos em mais de uma ocasião. De qualquer modo, estou convencido de que, se Gary não estivesse de olho em mim, meu sucesso relativamente repentino teria sido ainda mais temerário. Chegar na hora, decorar as falas, respeitar os autores, fazer meu trabalho da melhor maneira possível a cada gravação, a cada cena, a cada fala, e lapidar o que eu havia feito antes: eram esses os padrões que Gary esperava que eu cumprisse. Eu entendia essa ética. A rigor, era a mesma do meu pai. Eu me aferrei a ela e até hoje tento honrá-la.

Por mais opostas que pudessem parecer à primeira vista, um olhar mais atento revelava que nossas histórias de vida tinham a mesma base. É verdade que Gary era um produto do Brooklyn dos anos 1940 e 1950, ao passo que eu me dei por gente em diversas bases militares espalhadas pelo Canadá, ao longo das décadas de 1960 e 1970. Mas nós dois fomos criados por famílias unidas, modestas, e ambos fomos vistos como ovelhas negras nos respectivos rebanhos.

No auge do sucesso de *Caras & Caretas*, após as gravações nas noites de sexta-feira, o elenco, a equipe e os roteiristas se dirigiam a um restaurante francês elegante, porém aconchegante, que ficava a uns dois quarteirões dos estúdios da Paramount em Melrose, Hollywood. Íamos comer, beber e comemorar. Quase sempre Gary e eu éramos os últimos a sair, e ficávamos mais um pouco à mesa, matando as últimas gotas de uma garrafa indecentemente cara de Cabernet, nos divertindo. Gary narrava a saga que o havia conduzido até aquela mesa de vitoriosos, rememorando todo o seu trajeto, desde o menino que brincava de taco nas ruas do Brooklyn até o rapaz que jogava basquete na Universidade Brandeis e que largou a faculdade para viver numa cabana na Grécia, na companhia da futura noiva, Diana, e de um labrador viajado, Ubu. Falava também do nascimento da filha do casal, chegando aos anos em que eles sobreviveram à custa de cupons de alimentação, e finalmente aterrissando no projeto de um roteiro e na carreira atual. Era uma história que ele nunca se cansava de contar, e eu não me cansava de ouvir, uma saga tão improvável quanto a minha. Com uma força involuntária, ele colocava a mão carnuda e peluda sobre o meu braço magrelo e sardento, e dizia:

— Mike, você sabe o que a gente fez? A gente saltou de um mundo para outro. Isso não acontece com gente como nós. Somos sortudos pra caramba.

Até hoje, a palavra que me vem à cabeça quando penso em Gary é "gratidão". Ninguém está destinado a nada. Cada um recebe o que aparece — não porque queira ou mereça, nem porque seria injusto não receber, mas sim porque fazemos por merecer, respeitamos o que recebemos e só ficamos com aquilo que compartilhamos.

Conforme já contei, Gary apostou pesado em mim pela segunda vez, contrariando os conselhos de muitos de seus assessores. Quando *Caras & Caretas* finalmente caminhava a passos largos, ele me autorizou (depois de alguma hesitação) a fazer *De volta para o futuro*. Uma vez que meu contrato me prendia ao programa de televisão, não havia qualquer obrigação ou expectativa de que Gary fosse se arriscar a me deixar fazer sucesso no cinema e a sair contrabandeado do seriado. Recompensei aquela fé com a mais absoluta lealdade — e, mesmo tendo conhecido o sucesso mundial na pele de Marty McFly, redobrei meu compromisso com Alex P. Keaton.

Dias mais difíceis me aguardavam. Nossa relação de mestre-aprendiz seria posta à prova, como ocorreu com Bill Walton e o treinador Wooden (situação que eu havia inferido quando assisti à entrevista de Walton na ESPN). Sete anos depois de Gary e eu termos decidido, de comum acordo, encerrar *Caras & Caretas* com o programa ainda no auge, nós nos reunimos mais uma vez para a série *Spin City*, da ABC. A possibilidade de trabalhar juntos de novo nos deixou extremamente animados, mas senti uma tensão no ar. Antes de renovar nossa relação profissional, expliquei a Gary que teríamos de fazer alguns ajustes em nossos respectivos papéis, como reflexo de uma série de mudanças importantes que haviam acontecido na minha vida naquele meio-tempo. Àquela altura eu já estava casado, tinha três filhos, sabia do diagnóstico do mal de Parkinson, havia parado de beber e tinha me mudado para Nova York — e eu insistia que o novo programa deveria ser filmado lá. Gary não impôs nenhuma objeção a produzir a série em Nova York, em vez de em Los Angeles, onde ele morava. Para mim era fundamental que, a partir daquele momento, houvesse um equilíbrio na nossa parceria.

O programa foi um grande sucesso na estreia, tanto no conteúdo quanto comercialmente. Mas na segunda temporada o clima foi piorando. O problema não era que essa nova dinâmica estivesse dando errado; a questão é que a antiga dinâmica tinha dado certo demais. Durante alguns meses, talvez um ano, vivemos certo constrangimento, mas o afeto e o respeito mútuo absorviam e neutralizavam a pressão. Quando o avanço do mal de Parkinson forçou minha aposentadoria precoce, Gary voltou para os últimos episódios da série, e nossa amizade ficou mais forte do que nunca. Tenho certeza de que fomos salvos pela gratidão. *As pedras — não a areia. Guarde a cerveja, e sirva uma taça de vinho para o Gary.*

Nós sempre vamos ser os caras no restaurante, esparramados em poltronas francesas diante dos últimos vestígios de um banquete, saboreando um vinho e exclamando "Dá pra acreditar nisso?"

Há alguns dias, Gary apareceu no meu escritório em Nova York. Demos uma volta no quarteirão até a Avenida Madison e sentamos para conversar num café do bairro — um lugar onde as mães dos alunos de uma escola particular da vizinhança param para tomar um café depois de deixar as crianças no colégio. Não éramos mais dois seres ambiciosos em ascensão, cujos domínios eram um bistrô caro frequentado até altas horas; agora estávamos numa mesa modesta, dois homens de meia-idade satisfeitos com a vida, cada um em uma ponta dos seus 50 anos, ainda incrédulos diante de uma sorte absurda. Fiquei feliz ao ver Gary em forma, saudável, e me emocionei especialmente diante de sua expressão de felicidade quando falou sobre a rotina que ele e a esposa de muito tempo, Diana, tinham em casa, numa área rural de Vermont. Gary explicou que o casal, que vivia em meio às montanhas, conseguira se desligar das urgências e se conectar aos prazeres e riquezas da vida, e definiu a situação de forma bonita e poética:

— Descobrimos um jeito de *manipular o tempo* — confidenciou, num tom de espanto satisfeito.

Fiquei imaginando Tracy e eu numa conspiração semelhante daqui a uns dez ou doze anos. Foi uma sensação gostosa. Naquele momento, percebi que ainda tenho muito a aprender com Gary, e ele sempre será um mestre para mim. Tudo bem, ele não tem 99 anos. Mas esse é meu pensamento.

Se você tiver sorte, em algum momento do futuro, quando precisar de orientação, ou talvez apenas de apoio moral, vai topar com um mestre adequado para você. Se tiver mais sorte ainda, vai perceber que teve um mestre a vida inteira, e vai aprender a valorizar ainda mais os benefícios obtidos com essa relação. Você teve ajuda o tempo todo, e, à medida que a estrada fica mais suave ou mais acidentada, qualquer que seja a situação, influências novas e poderosas vão entrar na sua vida e auxiliar no seu progresso.

Pela minha experiência, um mentor não nos diz necessariamente o que fazer, mas sim o que *ele* fez ou talvez fizesse. E então deixa que nós mesmos tiremos nossas conclusões e ajamos de acordo com elas. Se der certo, ele se afastará discretamente. Se fizermos tudo errado, ele se aproximará para ajudar. Independentemente do que ele nos ensine, devemos passar adiante.

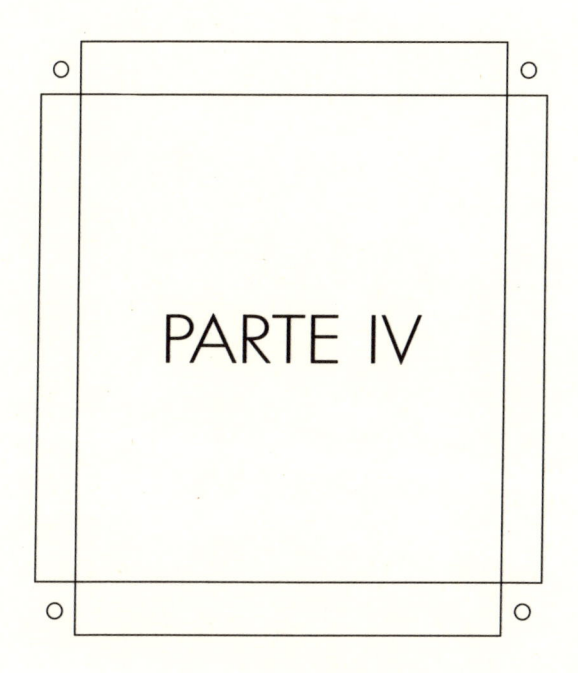

PARTE IV

Vítimas da pompa e da circunstância

*O que importa é o que você aprende
quando já sabe tudo.*
JOHN WOODEN

E então eis você, depois de já ter chegado lá... Após anos de batalha, após atingir — e às vezes superar — expectativas, você finalmente se deu bem na vida. Você viu a luz, ainda que de vez em quando tenha parecido que o fim do túnel era só escuridão. Parabéns por essa vitória.

Daqui para a frente, se você se esforçar, vai colher os louros, da mesma forma que acontecia na escola. Você provavelmente vai encontrar finalidades úteis e lucrativas para as habilidades que desenvolveu. Muitos amigos que você conheceu em anos recentes vão ficar ao seu lado, e, somados a sua família e aos amigos que fez pelo caminho, eles vão formar uma rede de apoio e de contatos capaz de abrir novas portas e garantir sua segurança por trás das portas que já existiam. Você será incentivado a desafiar a si mesmo e a embarcar em jornadas novas e inesperadas. Talvez você se apaixone, ou mantenha seu compromisso com sua namorada ou namorado da época de escola. Em seguida talvez venham crianças, um cachorro, um quintal — se é que esse modelo se encaixa nos seus ideais. Talvez você tenha em mente um estilo de vida menos convencional, feito sob medida por você e para você. A vida é boa, e não há motivo para pensar o contrário. Até o dia em que tudo explode e se transforma numa bola de fogo com estilhaços irreconhecíveis, ou em que tudo derrapa para fora da pista, barranco abaixo, até despencar num abismo. Isso vai acontecer (provavelmente, mais de uma vez).

Vinda de mim, a situação que acabo de descrever pode parecer assustadora, já que tenho fama de otimista. Por mais que essa classificação me agrade, eu não descreveria minha visão das coisas exatamente dessa maneira. Acho que sou realista, e a realidade é que as coisas mudam. Mas o que interessa é como encaramos a mudança, e se estamos dispostos a mudar também.

Pode ser difícil acreditar, mas as catástrofes oferecem as melhores promessas de uma vida ainda mais rica. Elas são a porta de entrada para o que há de melhor. Em outras palavras: você só vai saber para onde o vento sopra no momento em que a merda atingir o ventilador. E mais: se você não se incomodar de se sujar um pouquinho, essa brisa pode levá-lo longe.

Estou supondo que, a essa altura, você já tenha aceitado minha premissa de que todos nós passamos por algum tipo de educação. A minha, mesmo que não tenha sido tão estruturada quanto a sua, foi composta pelas mesmas aulas básicas, e me levou a um patamar de maturidade que me permite dar passos sem precisar de tanta ajuda de terceiros — com exceção de alguns seletos mestres. Ou seja: aprendi o suficiente para poder andar à solta sem representar uma ameaça à sociedade. Ao sobreviver aos primeiros anos em Hollywood, e aos primeiros anos do meu sucesso inicial, passei por muita coisa e iniciei uma vida que muita gente veria como exemplo do sonho americano.

No que se refere à carreira, eu já havia tirado a sorte grande mais de uma vez — na televisão, com *Caras & Caretas*, e no cinema, com *De volta para o futuro*, bem como em outros projetos. Cheguei a um nível muito acima do que eu buscava quando deixei o Canadá e fui para Los Angeles, ainda adolescente, na condição de mero ator operário. Conheci uma menina que era indiscutivelmente linda e inteligente demais para mim, e sabe-se lá como convenci Tracy a se casar comigo. Logo tivemos um filho saudável. Moramos em casas enormes e confortáveis, tivemos carros importados e viajamos para lugares distantes e exóticos. Resumindo: se melhorasse, estragava. Mas a vida melhorou, sim. Só que isso aconteceu depois de uma piora considerável.

Em 1990, quando Sam tinha seis meses, meu pai morreu de forma inesperada. De uma hora para outra, eu era pai de um filho, mas não era mais filho de um pai. Quando finalmente comecei a compreender o valor da experiência e dos conselhos do meu pai, já era tarde demais. Algum tempo depois, quando uma série de golpes havia me deixado quase sem ar, eu me dei conta de que o meu pai continuava tendo o grande poder de me orientar, mesmo que anos tenham se passado desde sua morte. Considerando a filosofia defendida por ele de "estar preparado para o pior", bem como meu apetite para o risco, é uma ironia considerável que sua morte tenha anunciado o período mais difícil da minha vida: uma pós-graduação para a alma.

Um ano depois disso comecei a exibir os sintomas do mal de Parkinson: espasmos, tremores suaves, dores no ombro esquerdo, alguma rigidez. Atribuí tudo a uma lesão, e fui a um especialista em medicina esportiva. Ele me indicou um neurologista, que diagnosticou um princípio de mal de Parkinson. Aquela pessoa estava me dizendo que, aos 30 anos de idade, e apesar de todas as minhas expectativas, eu provavelmente só conseguiria trabalhar por mais uns dez anos. Foi o momento da minha explosão, foi quando minha vida derrapou de forma terrível para fora da pista. No começo, incapaz de processar a notícia, entrei em estado de negação. Eu me recusei a revelar meu quadro médico para qualquer pessoa que não fosse da família, e tomava remédios para encobrir os sintomas, o que era na realidade uma tentativa de me esconder de mim mesmo. As coisas piorariam ainda mais antes de melhorar — ainda que eu esteja convencido de que elas melhoraram *justamente porque* pioraram. A perda do meu pai foi um baque, e o diagnóstico me deixou sem rumo. Com receio de colocar o peso nas costas da minha família, me fechei e passei a me isolar.

Quando vivenciamos uma conquista, ou uma série de conquistas, formamos uma ideia sobre quem somos e o que representamos para as pessoas que nos cercam. Mas como essa versão nova e diminuída de mim mesmo poderia fazer frente às expectativas que eu tinha para mim e para minha família?

Em vez de criar maneiras de enfrentar um novo problema, recorri a velhos engenhos para encarar a situação. Desde a adolescência, passando pelos primeiros dias em Los Angeles e chegando ao inebriante período em que minha carreira na televisão e no cinema começou a decolar, sempre usei o álcool como forma de proteção. Por mais estranho que pareça agora, eu acreditava que a bebida me mantinha são: *prefiro ter uma garrafa cheia na mão a fazer uma lobotomia pré-frontal.* Nunca pensei naquilo como uma ferramenta ou uma forma de automedicação;

simplesmente fazia parte da festa. Mas, no fundo, era uma tentativa de apaziguar minha ansiedade e criar uma barreira de proteção entre mim e o aspecto mais difícil da realidade. No primeiro ano de convivência com o mal de Parkinson, levei esse conceito da barreira protetora a um novo patamar. Já que eu era incapaz de esconder o problema, eu ia esconder a mim mesmo — ou, pelo menos, minha consciência do que estava acontecendo. Contra os sintomas, remédios para Parkinson; contra os sentimentos, álcool. Não demorou muito para que essa automedicação produzisse efeitos colaterais tóxicos.

Antes que eu prossiga com minha história pessoal, vou dar uma pista sobre aonde quero chegar: é tudo uma questão de controle. O controle é ilusório. Não importa qual universidade você frequenta, qual diploma você possui; se o seu objetivo é ser mestre do próprio destino, é porque você ainda tem o que aprender. O mal de Parkinson é a metáfora perfeita para a falta de controle. Cada movimento indesejado da minha mão ou do meu braço, cada tremor que sou incapaz de prever ou evitar, tudo serve como um lembrete: mesmo nos domínios do meu próprio ser, não sou eu quem dá as cartas. Tentei exercer o controle bebendo até atingir a indiferença, e isso só serviu para exacerbar a minha sensação inconsolável de desesperança.

Sempre vejo com ironia as referências feitas a mim e à minha situação de "lutar pela vida", ou quando me descrevem como um "batalhador", como alguém que "está enfrentando o inimigo". Nenhuma dessas expressões se aplica à maneira com a qual encaro a doença atualmente. A única forma de vencer — caso vencer signifique atingir e manter uma vida feliz e equilibrada — era me render, e só quando admiti minha impotência e abri mão do álcool dei os primeiros passos tímidos rumo a essa vitória.

Ficar sóbrio não implicou ficar melhor, pelo menos não imediatamente. Longe disso. Houve períodos em que eu passava horas e horas submerso na banheira, numa espécie de retorno simbólico ao ventre materno. Com exceção dos momentos em que eu tentava manter a cabeça debaixo d'água, o resto daqueles primeiros anos sem bebida foi como um duelo de adagas dentro de um armário fechado. Incapaz de escapar da doença, dos sintomas e dos desafios representados por tudo isso, fui obrigado a recorrer à aceitação. Uma pequena dose de sabedoria que adquiri pelo caminho acabou se transformando nas bases de uma nova e libertadora estratégia para enfrentar a vida: "Minha felicidade cresce em proporção direta à minha aceitação, e em proporção inversa às minhas expectativas".

Evidentemente, não estou sugerindo que isso seja tão fácil quanto encontrar um interruptor com uma etiqueta "aceitação", que, ao ser ligado, banha as áreas problemáticas da vida numa luz edificante. Seria bom se fosse assim. Conforme acabei entendendo, aceitação significa apenas reconhecer a realidade da situação e saber que essa verdade é absoluta. E lá vem essa palavra de novo. Talvez você lembre que, nas minhas reclamações dos tempos de escola com minha mãe, eu havia deixado registrada a questão da teimosia intratável dos absolutos matemáticos. Mas acho que finalmente entendi como dois mais dois pode ser igual a cinco. Ou talvez — acompanhem meu raciocínio — a equação mais precisa seja, na verdade, dois *menos* dois é igual a cinco.

O rescaldo da morte do meu pai, o impacto da doença neurológica, as dificuldades emocionais e o isolamento social me levaram tanto aos excessos do álcool quanto aos revezes que enfrentei ao parar de beber: a princípio, vi tudo isso como obstáculos. Em seu livro *Sobre a morte e o morrer*, a psiquiatra suíça Elizabeth Kübler-Ross divide o processo da morte em cinco etapas: negação, raiva, negociação, depressão e aceitação. Eu não estava morrendo. Bom, pelo menos não num futuro próximo. Mas estava passando por uma profunda sensação de perda, e acabei percebendo que a dona Psiquiatra era muito esperta. Negação: *Isso não está acontecendo*. Raiva: *Que injustiça!* Negociação: *O que faço pra sair dessa?* Depressão: *Não dá, é impossível*. Aceitação: *O que faço agora?*

A questão toda se resumia a escolhas. Em relação ao problema central da minha vida, me dei conta de que a única escolha que *não* estava disponível era se eu tinha ou não mal de Parkinson. Todo o resto — o meu conhecimento sobre a doença, os seus efeitos emocionais, o tratamento e os impactos na carreira e na família — estava em minhas mãos. No curto prazo, não há dúvidas de que qualquer perda cria um vazio, deixa um buraco. Meu primeiro instinto foi tentar tampar o buraco de qualquer forma. Para isso, entraram em cena meu ego, minha determinação e minha visão deturpada sobre aquilo que seria a realidade ideal.

À medida que a minha aceitação crescia, passei a compreender que a perda não é um vácuo. Se eu controlar o impulso de preencher o espaço desse vácuo, aos poucos ele começa a se preencher sozinho, ou pelo menos apresenta algumas alternativas. Ao escolher o caminho de me informar sobre a doença, tomei decisões mais acertadas de como tratá-la. Isso freou o avanço do mal de Parkinson e melhorou meu bem-estar físico. Ao me sentir fisicamente melhor, fiquei mais em paz com meu entorno, menos isolado, e consegui restaurar minha relação com a família e os amigos. Aliviada ao ver que eu voltava a ser mais parecido com o homem com quem ela havia se casado — e ao perceber que eu havia até me tornado uma versão aprimorada de mim mesmo —, Tracy se sentiu mais segura para aumentar a família. E logo Sam ganhou a companhia de duas meninas, gêmeas, e, algum tempo depois, de mais um irmão. Diante da conclusão de que uma carreira no cinema, que exige longos períodos afastado de casa, não era mais sustentável, e aceitando o fato de que talvez eu tivesse apenas mais uns dez anos de vida profissional, decidi que esses dez anos seriam bons, e voltei para a televisão.

O contrato para fazer *Spin City* e a escolha de filmar em Nova York, onde minha família vivia, não foram apenas uma grande experiência criativa, mas também uma forma de garantir a base financeira para uma vida na qual a capacidade de vender meu peixe seria evidentemente limitada. Quando esse momento chegou, me senti confiante para expor a situação ao meu círculo mais próximo de amigos e colegas de trabalho, e também para o público como um todo. Ao me libertar do meu isolamento, abri espaço para um jorro de boa vontade e fui incentivado a capitalizá-la em benefício da comunidade que tem Parkinson. Isso levou à criação da Fundação Michael J. Fox para Pesquisa sobre Parkinson. Na década que se passou desde o surgimento da instituição — cujo sucesso credito ao grupo dinâmico e diligente de pessoas que se dispôs a concretizar essa missão —, financiamos quase 200 milhões de dólares em pesquisas de última geração. Sob muitos aspectos, criamos também uma nova visão sobre a busca pela cura, tanto nos Estados Unidos quanto no restante do mundo.

Conforme prometi, tentei evitar dar conselhos pura e simplesmente. Minha intenção ao escrever este livro foi ilustrativa, e não prescritiva. Entretanto, permita-me uma sugestão: não desperdice muito tempo imaginando o pior cenário. As coisas raramente acontecem da maneira que a gente imagina, e, se por um golpe do destino for assim, você terá sofrido duas vezes. Quando as coisas realmente derem errado, não fuja e não enfie a cabeça num buraco na terra. Aguente firme e seja honesto ao enfrentar todos os aspectos dos seus medos. Tente manter a calma. Leva tempo, mas você vai descobrir que mesmo os problemas mais graves são finitos — e que as escolhas que você tem são infinitas.

Talvez eu já tenha dito isso, mas vou continuar repetindo até que eu descubra que não é verdade: uma vez que o mal de Parkinson exigiu que eu me transformasse em uma pessoa melhor, em um marido melhor, em um pai e cidadão melhor, costumo me referir à doença como um presente. Com um sorriso dirigido aos que acham difícil acreditar nisso — principalmente a todos os outros pacientes que estão enfrentando grandes dificuldades —, acrescento uma coisa: é um presente que vem acompanhado de uma fatura... Mas *é* um presente.

Pode acreditar: de vez em quando ainda tenho a fantasia de que um dia vou acordar e, ao me entregar à rotina, vou perceber que não tenho mais sintoma algum. Nada de tremores e espasmos, nada de ficar me mexendo sem parar, nada de dores. Uma vez que já aceitei há muito tempo a realidade do mal de Parkinson, a degeneração e a irreversível morte celular, sei que, na falta da descoberta de uma cura, isso jamais poderia acontecer.

Mas aconteceu.

Se essa história parece um conto de fadas, o cenário não poderia ser mais adequado: o misterioso e montanhoso reino encantado do Butão. Aninhada no Himalaia, essa rica cultura budista está evidente no arco-íris acetinado das típicas roupas nativas, na arquitetura — mais bem descrita como um híbrido de chalé e pagode — e, de forma mais expressiva, nos rostos reluzentes do povo butanês, sejam jovens ou velhos.

Eu estava no Butão filmando cenas para um documentário sobre otimismo, que seria exibido pela ABC. O filme fora concebido para acompanhar meu livro *Um otimista incorrigível*, e buscava pessoas, lugares e coisas que representassem de alguma forma o poder do pensamento positivo. Nós já tínhamos ido a Washington, D.C., para a posse de Barack Obama; tínhamos visitado uma cooperativa de laticínios ao norte do Estado de Nova York; assistido à abertura da temporada de beisebol dos Chicago Cubs, no Wrigley Field. Mas a viagem para o outro lado do planeta, com sua aquarela de flora e fauna e os imponentes picos do Himalaia, cobertos por uma gaze fina e diáfana de névoa, forneceu o tom emocional e filosófico da reportagem. O que me levou a ir com a equipe até lá foi a política comercial progressista daquele minúsculo reino — mais precisamente, o etos nacional, fundamentado numa política que o rei e seu governo batizaram de Felicidade Interna Bruta. Num mundo em que a maioria dos países está aparentemente disposta a tudo para aumentar o Produto Interno Bruto, os butaneses acreditam que o desenvolvimento econômico jamais deve vir à custa da felicidade do povo. Sendo assim, em cada acordo comercial feito pelo governo (por exemplo, a venda de energia hidrelétrica para a vizinha Índia), a cultura vale mais que o dinheiro.

Quaisquer que sejam as medidas tomadas para preservar a felicidade e o estilo de vida do povo butanês, fica claro para o visitante que a proposta está funcionando. O país é, a um só tempo, uma monarquia e uma democracia, e conversei com muitas pessoas que expressaram amor pela nação e gratidão ao rei e aos concidadãos. Com todo o respeito ao Tio Walt[2], esse é o verdadeiro Mundo Encantado, o mítico Shangri-lá transformado em realidade. E isso me leva à parte da história à qual me referi anteriormente.

No segundo dia da minha visita ao país, comecei a perceber uma redução acentuada no sintoma com o qual acordo diariamente. Ele reaparecia logo depois do café da manhã, mas de forma leve, e eu só me sentia compelido a tomar L-Dopa (um remédio para Parkinson) muito depois do meio-dia. Nos dias seguintes, viajamos pelo interior do país, visitamos escolas e edifícios do governo, fazendas e festas populares. E, embora eu não pudesse afirmar que o mal de Parkinson tinha desaparecido por completo ou que eu tinha voltado ao normal (se é que ainda me lembro da vida normal), não havia dúvidas de que alguma coisa estava acontecendo. Atravessei campos de arroz, sentei com as pernas cruzadas durante horas para

---

2. Referência ao produtor e cineasta Walt Disney.

uma refeição com famílias locais e caminhei pelo abarrotado mercado de Timfu, investigando inúmeras imagens, sons e cheiros. Inexplicavelmente, fiz tudo isso sem qualquer esforço.

No penúltimo dia da viagem, os produtores e a equipe de câmeras combinaram de fazer uma cansativa caminhada montanha acima, de uns cinco ou seis quilômetros, para filmar um dos pontos religiosos mais importantes do Butão: um monastério conhecido como "Ninho do Tigre". A ideia original era fazer apenas tomadas da paisagem, ou o que chamamos de "B-roll", e eu me surpreendi ao me voluntariar para ir junto. Uma semana antes, a perspectiva de sair inteiro de uma caminhada como aquela teria sido otimista até para mim, mas a mudança física que eu havia sofrido era evidente.

Munido de um bastão de caminhada e acompanhado por Tshewang, meu intrépido guia, comecei a subir a trilha íngreme e sinuosa, avançando em ritmo lento e estável. Pouco antes do local onde fica o monastério, um conjunto tremulante de bandeiras de oração anunciava uma pequena casa de chá, pendurada na encosta da montanha. Um dos câmeras virou a lente para mim, e narrei, para o documentário, meu estado de feliz perplexidade com o que havia acabado de fazer. Contei como me senti durante a temporada no Himalaia. Talvez a altitude tivesse sido responsável pela mudança, ou quem sabe o remédio que eu estava tomando para evitar o enjoo causado pela altitude. O que quer que fosse, eu estava grato pela mudança, ainda que não me iludisse com a esperança de que as coisas continuariam do mesmo jeito quando eu voltasse para os Estados Unidos.

Durante a descida, num rompante de autoconfiança inspirado pela sensação de um equilíbrio aprimorado, me afastei da trilha e tentei pegar um atalho por uma escarpa de 90 graus na rocha. Dominado pela situação, me vi escorregando montanha abaixo, rumo a ferimentos certos e quem sabe até a morte. Num átimo de segundo, voltei àquele dia no México — mas agora eu contava com a vantagem de estar sóbrio. Ou seria uma desvantagem? A única maneira garantida de interromper meu avanço pela encosta parecia ser me atirar de lado para o chão. De alguma forma, consegui realizar a manobra. Aquele breve assalto de empolgação terminou em arranhões, contusões e um dedo torcido e ensanguentado.

No dia seguinte, tomamos um avião para a Índia, de onde sairia nossa conexão para os Estados Unidos. Durante o voo, percebi algo inquietante. Por conta do inchaço, eu não havia conseguido tirar a aliança, e agora a pressão da cabine transformava meu dedo num balão ainda maior e mais pálido. A aliança me apertava a ponto de causar um estrangulamento. Sentado numa poltrona do outro lado do corredor, um médico indiano me informou com toda calma que, caso eu não cortasse o anel dentro de no máximo duas horas, seria necessário amputar meu dedo. E assim tive de fazer um desvio de roteiro para um hospital em Nova Déli onde, depois de uma busca frenética pela ferramenta correta para a operação, o anel foi removido, o dedo foi salvo e pude retomar meu caminho de volta para casa.

Os sintomas do mal de Parkinson voltaram quase imediatamente após minha chegada aos Estados Unidos, e foi como se o misterioso e mágico período de alívio jamais tivesse acontecido. Mas é evidente que aconteceu. Carrego comigo diariamente a lembrança daquele episódio. Basta olhar para meu feioso, e ainda torto, dedo anular esquerdo.

Também tenho, é claro, o registro filmado de toda a viagem. Eu mesmo não tirei nenhuma foto — o que não é de espantar, tratando-se de mim. Imagino que minha aversão a fotografar tenha a ver com mãos que tremem e imagens borradas, mas existe outro motivo: o ato de erguer a câmera e colocá-la entre meus olhos e o objeto do meu interesse me afasta da experiência. A memória existe no papel fotográfico ou fica armazenada digitalmente, pronta para ser baixada, mas o efeito emocional se reduz. Pode parecer estranho, mas sei que, quando eu finalmente conseguir pegar a máquina (pois o mal de Parkinson não ajuda), apontar para o objeto e apertar o botão, o momento terá se perdido. E a lição que melhor aprendi na vida — na verdade, pessoal, acho que tudo se resume a ela — é a importância cardeal deste momento... exatamente agora.

Não estou sugerindo que a gente deva andar por aí de queixo caído, estupefato, passando de um momento a outro sem viver um processo que leve em conta a história e o futuro. Ainda assim, o que aconteceu antes e o que vai acontecer depois não podem ser tão importantes quanto o que está acontecendo agora. Não há momento melhor para comemorar o presente. O presente é todo seu.

Caso você seja um recém-formado ou esteja provando a beca, tenho certeza de que muita gente desempenhou um papel importante para que você chegasse até aqui — gente interessada em saber para onde você vai agora. Faz sentido. Pais, mestres e amigos são parte da sua história, assim como você é parte da história deles. Eles têm esperanças e sonhos que podem fazer eco ou se sobrepor aos seus. E não há razão para não abrir espaço para eles. Mas aquilo que está acontecendo agora, neste exato instante, pertence apenas a você.

Faça por merecer.

Alcoólatras em recuperação costumam dizer o seguinte: "Se você tem um pé no ontem e outro no amanhã, está deixando o hoje todo mijado". Considerando tudo o que aconteceu, foi libertador entender que não preciso carregar o peso de todas as minhas decepções e expectativas. Às vezes as coisas são o que são. E eu consigo aceitar isso.

Este é o seu momento. Deixe que outra pessoa tire a fotografia e... sorria.

O começo... finalmente

De maneira geral, discursos de formatura terminam com algumas declarações vagas e arrebatadoras sobre o que esperar da vasta estrada que se estende pela frente. Eu adoraria fazer isso, mas não conheço a vasta estrada que você vai percorrer. Posso apenas tecer comentários sobre a estrada que eu mesmo percorri. Perdoem-me por mais esta referência à *De volta para o futuro*, mas já até consigo imaginar alguns de vocês rejeitarem por completo a analogia da estrada: "Estradas? No lugar para onde vamos não precisamos de estradas!"

Durante muito tempo, a condição de aluno que abandonou a escola me deu a sensação de uma educação incompleta, pontilhada de buracos, lacunas que seriam preenchidas pelas aulas às quais faltei. No final das contas, cheguei a este minúsculo — e crucial — momento de sabedoria: nossa educação está sempre incompleta. Uma oportunidade perdida não exclui a possibilidade de novas oportunidades, algumas talvez ainda melhores.

Acho que me beneficiei por ser tanto ambicioso quanto curioso. Dentre essas duas características, a curiosidade foi a que melhor me serviu. Não há o menor problema em ter certeza, como eu tinha quando larguei a escola, do que você quer atingir ou de aonde desejar chegar na vida. Isso se chama ambição. É ótimo. Mas ninguém sobe direto até o topo. A vida não é linear. Haverá desvios pelo caminho. Para os curiosos, novas pistas estarão espalhadas a cada curva do caminho e talvez continuem apontando para o destino que você escolheu. Mas talvez você tropece numa informação que pode levar a uma mudança total de rumo, fazendo que você seja entregue a um futuro que jamais teria imaginado.

Na verdade, devo à minha curiosidade o fato de ter sido resgatado da beira do abismo. A princípio, a tensão e a confusão causadas pelo diagnóstico de um Parkinson precoce fizeram que eu fechasse as portas, e fui inundado por uma vontade de me retirar, de me afastar da situação. A partir do momento em que aceitei a realidade — *as coisas são o que são* —, minha curiosidade assumiu o controle. Comecei a fazer perguntas simples. "O que exatamente é o mal de Parkinson?"; "De que forma está me afetando?"; "De que forma afeta os outros?" E então meu campo de investigação aumentou: "Isso muda o que penso de mim mesmo?"; "Muda o que os outros pensam de mim?"; "Será que isso é assim tão importante?"; "O que é que tenho a ver com o que os outros pensam de mim?"; "Quem são os pacientes com Parkinson que formam a comunidade da qual agora faço parte e o que posso aprender com eles?"; "O que podemos fazer para nos ajudar?"; "Será que *eu* posso fazer alguma coisa?"

Veja você para onde esse desvio me levou. A curiosidade pode até ter matado o gato, mas livrou minha cara. Quando você sai da zona de conforto e interage com pessoas que poderia nem ter conhecido, os resultados podem servir de impulso. Eu me refiro aos pesquisadores que conheci no trabalho com a Fundação Michael J. Fox para Pesquisa sobre Parkinson. Lembro que, certa vez, um respeitado especialista clínico fez uma breve explanação sobre o uso potencial de fatores tróficos na reabilitação neurológica. Depois de admitir que não tinha entendido uma palavra do que ele acabara de dizer, acrescentei:

— Numa sala cheia de atores, há uma boa chance de que eu seja uma das pessoas mais inteligentes entre os presentes. Mas numa sala cheia de neurocientistas, acho melhor concordar em silêncio e tomar notas num caderninho.

A verdade é que, num intervalo de poucos anos, passei de conversas telefônicas com meu empresário a discussões sobre química cerebral com especialistas em biologia celular.

É como eu já disse: não sou muito a favor de conselhos. Mas saio de cena com uma rápida análise. Ter controle sobre o próprio destino é um mito — e, de qualquer forma, é bem menos divertido. Preste atenção ao que acontece à sua volta. Leia o livro antes de ver o filme. Lembre-se: ainda que você, e só você, seja responsável pela sua felicidade, não há problema nenhum em ser responsável pela felicidade de mais alguém.

Viver ~~é~~ *para* aprender

Michael J. Fox
Nova York

Este livro foi composto em Baskerville
para a Editora Planeta do Brasil
em outubro de 2011.